文春文庫

星のように離れて雨のように散った

島本理生

文藝春秋

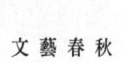

目次

星のように離れて
雨のように散った

1

広大な大学の敷地内では、素描《そびょう》のように緻密な自然の繁殖が起きていた。校舎にたどり着くまでの両目を緑色に浸す。蟬《せみ》は途切れることなく鳴いていた。空が青いために、マスクの内側にこもる熱以外には、汗も吹っ切れたように清々《すがすが》しかった。

そもそも今年の夏は、耐えがたいほどではないのだ。二年前の夏はひどすぎて、卒論のために本校舎と図書館を往復しているだけで、二回ほど熱中症で倒れた。

図書館の入り口で、検温器を額に当てられた。無事に中に入ると、私は資料をかき集めて机に向かった。

一時間ほどして、誰かが机の横に立ったので、私は手を止めた。

「はかどってる？」

そこそこ、と私は返事をして、篠田《しのだ》君を仰ぎ見た。白いマスクをしているために、表情は、読みづらい。

彼は積み重ねた私の資料に目をやった。宮沢賢治《みやざわけんじ》の研究書と、法華経《ほけきよう》の解説書。聖書の解釈を扱ったものも数冊ある。

声を潜《ひそ》めて、喉渇いたから少し出ようか、と提案してみた。いいよ、と彼は気軽に答えた。

私たちは大学の前の通りを挟んで真向かいにある、昔ながらの喫茶店に入った。ここはいつも適度に空いていて安いので、院生や教授たちはよく使っているのだ。

奥のソファー席で向かい合うと、篠田君があっさりマスクを外した。それを確認してから私も外した。私はアイスティーを、彼はアイスコーヒーを頼んだ。

「原《はら》さんの研究テーマは、福永武彦じゃないんだね。宮沢賢治とキリスト教って、たしかに書いているものをあんまり読んだことないな」

試験期間も終わって、店内は人が少ないので、声がよく響いた。

アイスティーに垂らしたガムシロップが、容器を起こすときに、一滴だけ指を伝った。

「うん、福永武彦は卒論でも書いたし、好きすぎるからこそ、今回はいいかなって。特に『秋の嘆き』っていう短編は寒々しくてつらい話なのに、なぜか昔から好きで、気が付くと、その話になっちゃうから」

私はおしぼりで指を拭い、つい熱を込めて語った。篠田君は笑って

「その短編は未読だけど、たしかに好きなのはすごく伝わった」

と相槌を打った。

「原さんは宗教詳しいから、宮沢賢治はしっくりくるし」

私は主にキリスト教を扱った日本文学作品を研究していて、篠田君は同じ研究室に所属している。

「あ、でも宮沢賢治は副論文で、修論は創作文芸作品で提出するんだっけ？」

彼の綺麗に尖った顎《あご》を見ながら、私は、そう、と頷《うなず》いた。

私たちのいる大学院の日本文学研究科では、修士論文を小説で提出することが許されている。もっとも、その場合は枚数の短い副論文も付けなくてはならないのだが。

「副論文では、『銀河鉄道の夜』の改稿も含めて、賢治の晩年の宗教観をさぐることで、最終的な物語の完成形を考察したいと思っていて」

「晩年って、でも、死ぬまで法華経信者じゃなかったっけ？」

と篠田君が突っ込んだ。

「うん。父親に改宗まで迫ったしね。ただ、一方でキリスト教には寛容だな、とも感じていて。本来、一神教と仏教思想って相反すると思うんだよね。近年のカソリックは、地域社会と協調していけるように解釈も柔らかくなっている傾向があるけど、でも、思想となると、それは、本質だから」

副論文の話になると、自然と発言量が多くなった。篠田君は腕組みして言った。

「賢治だと、仏教がメインで論じられることが多いから、俺も興味あるよ。だけど原さんが小説を書きたいなんて、全然、知らなかった。もしかして、これまで、どこかに応募したこともあった？」

私は、ううん、と答えた。

「でも、まわりにも、書いてみたことのある子は珍しくないし。篠田君だって」

彼はにこやかに笑った。彼は六月に大手出版社からの内々定が出て、このまま問題なければ来年就職することが決まっているが、本当は小説家志望だったと聞いたことがある。大学院一年目のときに新人賞に送って、落ちたら、きっぱり諦める、と。そして、その通りになった。

作家よりも編集者のほうが年収高いよ、と同期生が冗談を言うと、俺もそう思う、と笑ってみせる彼の自意識を無視して、この話題を語り合うのは難しい。それでなくても彼の社交性は、自分が優秀だということが前提にある。まあ、事実なのでいいのだが。

「今から思うと地獄だったね。授業だの、発表会だのの合間に就活。篠田君のエントリーシート、すごい分量だったし」

「そうだなあ。もともと、皆、文章書くのは好きだとはいえ、自分のことになると、また話はべつだしね。原さんも就職が決まったときは廊下でジャンプしてたよね」

「それ、言わないで。恥ずかしいから」

「なんで。可愛かったよ」

私たちは笑い、最近流行している韓国文学について感想を言い合った。正面から彼の顔を見ているうちに、髪型変わったな、と気付く。

韓流の男の子みたいに厚めに整えた前髪は、篠田君の細い鼻梁と薄い唇とのバランスが良く似合っていた。黒髪だから分かりづらいけどさりげなく更新してるんだよね、と前に彼と付き合っていた女の子が教えてくれた。

入学して間もない頃から、篠田君は同じ日本文学科の女子たちに人気があった。それを聞いたバスケ部のマネージャーの子が、そこまでいい？　と意外そうに言ったのも、文系あるあるかもしれない。

そんなこともあって、私は、同じ学科の女の子から、春《はる》ちゃんの彼氏ってどんなひと？　と聞かれると

「文系の私たちとは一見縁がなさそうな、明るいひと」

と答える。そして実際に彼と会うと、皆が

「爽やかで、いい人そうだったけど、でも、分かる、分かる」

と笑う。

私はそっとスマートフォンを取り出した。彼が半休を取るというので、午後からひさしぶりに美術館デートの予定が入っていた。

私は重たい資料をキャンバス地のサブバッグに入れたまま、地下鉄を乗り換えて六本木に向かった。大江戸線の車内もやはり空いていたが、それは二〇二〇年のせいではなく、もっと前からのことだ。

地上に出ると、アスファルトの照り返しと空を塞ぐ首都高の圧迫感で、大学にいたときよりも暑さが重たくなったように感じられた。

脇道に入ると、だいぶ緑も増えて、ほっとした。

国立新美術館の前で、彼は待っていた。もともと体格がいいので、遠目で見ると、いっそうまっすぐな大樹のようだ。

「亜紀君」

呼びかけて近付いていくと、彼は

「春、汗かいてる」

と笑った。肌の色が白くて明るいからか、その笑顔はまわりよりもワントーン明度が高い。

出会ったばかりの頃は、待ち合わせの店内で彼がこちらを向いたときに、良い意味ではっとするのはなぜだろう、と不思議に思ったものだった。

「荷物持とうか」

私のサブバッグを手にしかけた彼が、重っ、と目を丸くした。

「あ、コインロッカーに預けるから大丈夫だよ」

私は笑って答えた。

チケットは時間で入れ替え制になっていた。

時間が来るまで、美術館内のカフェスペースで、彼はパソコンを取り出して仕事をした。私も資料を読みながら、無地の青い表紙のノートに文章を綴った。

「今書いてるの、例の宮沢賢治の論文の一部？」

彼が手を止めて尋ねた。頷いてから、私も彼のパソコン画面を覗《のぞ》き見た。複雑な数字や記号の羅列《られつ》。コードというものらしいが、私にはまったく分からない。

「うん」

そう答えながら、私がやっていることはどれだけ理解されているのだろう、と考えたけれど、彼は興味深そうに資料のページを捲《めく》った。

「ねえ、春は前から宮沢賢治に興味があったの？」

ふいに、訊かれる。

「うーん。それを言われると、昔はそんなに好きじゃなかったというか、むしろ生理的に苦手だったかもしれない。理不尽なラストがわりに多いし」

私は自問するように呟いた。

「生理的に？　そういうものを論文のテーマにするって難しそうに感じるけど」

「うん。ただ、『銀河鉄道の夜』は宗教的なテーマ性が強い作品だし、一度ちゃんと読み込みたいっていう想いはあったから。あと、どう言っていいか分からないけど、妙に懐かしいというか、不思議な近しさを覚えるところがあって。でもね、まだ全然分からないところも多いんだけど」

私は軽く説明するために、漫画版の『銀河鉄道の夜』を開いて、絵を指さした。彼が手元を覗き込んで

「十字架、だね」

と問いかけるように言った。

「そう。賢治は遺言《ゆいごん》でも父親に法華経を千部印刷して配ってほしいと言い残したくらいなのに、どうして最後に書いていた作品はこんなに違う神様が登場していたのか、その宗教観の混ざり方に興味があるんだ。それは賢治がいろんな宗教を学んでいて理解が深かったから、というだけの解釈でいいのかな、とか。あと一番の理由は、『銀河鉄道の夜』が未完だからかもしれない」

「そうだったっけ？　俺、具体的なストーリーはよく知らないけど、有名な物語だから、当然、完結してるんだと思ってた」

意外そうに訊き返した彼に、私は『銀河鉄道の夜』のあらすじを語った。

主人公のジョバンニは、昼間は学校に通い、放課後は活版所で働いている。母親は病気で、遠方まで漁に出た父親の消息は不明だ。悪いことをして監獄に入れられたという噂が流れていて、クラスメイトのザネリたちからは虐めに近いからかいを受けている。それをカムパネルラだけが気の毒そうに見ている。

ケンタウル祭の夜、母親の牛乳をもらいに行った帰り、町はずれの丘に一人でいたジョバンニはいつの間にか銀河鉄道に乗っている。なぜかカムパネルラも一緒に。彼らはそのまま銀河系を旅し、不思議な出会いを体験する。お菓子のような雁をくれる鳥捕り、氷山に衝突して沈んだ客船に乗っていた姉弟と家庭教師の青年。この姉とカムパネルラが楽しげに話す様子に、内心、ジョバンニは強烈に嫉妬する。そして彼らは「ほんとうの神さま」についても議論する。

乗客が去ってしまうと、ジョバンニはカムパネルラと二人でどこまでも行きたいと願うが、カムパネルラはどこか浮かない様子で、車内から消えてしまう。

気が付くと、ジョバンニは丘に戻っていた。そして――。

話を聞き終えた彼は、理解したような、少し腑に落ちないような顔をしていたが

「たしかに、因果応報とも少し違って、消化不良なところがあるね」

という感想を口にした。

「それなら『銀河鉄道の夜』は、宮沢賢治がその後も書き続けたり直していたら、最後はどうなってたんだろう」

自分の考えを口にしようか迷ったが、やめた。チケットの時間になっていた。彼もパソコンを閉じた。

展示室は、がらんとしていた。おかげで大きな作品と心ゆくまで向き合うことができた。

「ああ、俺、このひとの作品、好きだな」

なめらかな肌をした両足の間から、赤ん坊が産み落とされる瞬間の色彩の淡い写真を指さして、彼が言った。私も、と答える。

最後まで見終えると、私たちは東京ミッドタウンまで歩き、敷地内の公園を抜けて、パンケーキの有名なカフェを目指した。

公園では、大人を縮小コピーしたような格好の子供たちが遊んでいた。値段やブランドなどまだ知らない笑顔や泣き声で溢《あふ》れている。でも本当は言葉にできないだけで、感じてはいるのかもしれない。少なくとも砂まみれになっている子供はいなかった。高そうな服だね、うん、でも可愛いね、と彼と言い合った。

じきに彼のほうが額にたくさん汗をかいた。学生時代は運動部だったので、今でも代謝が高いのだ。

「暑くない？」

私はつながれた手に視線を落として尋ねた。

「大丈夫。春は？」

彼に握られた手を、私は握り返して、返事の代わりにした。

お茶の後に買い物をして、最寄り駅に帰り着く頃には青い夕方になっていた。足が少し疲れていたが、空はようやく暗さが馴染み始めたばかりだった。

駅前の気軽な居酒屋でビールを飲んでチーズフライや馬刺しや焼きおにぎりを頼み、楽しく話した。

会計をして店を出ると、いつの間にか、風が出ていた。雲が少しずつ流されていく。

何事もなければ、このまま私の部屋に寄って健やかに抱き合うはずだ。

彼の眼差しが、駅前の高架下で騒いでいる集団に注がれた。

大声で叫んだり、笑いながら一人を突き飛ばすような素振りを見せる彼らは、遊んでいるのか喧嘩なのか、一見しただけでは判別がつかなかった。

私たちは月で明るくなった横道に逸れた。手を握ると、彼の張り詰めた空気が伝わった。

彼の白いワイシャツばかりがやけに眩しくて、私は手に力を込めた。

「さっきの男の人たち、気になった？」

私は尋ねた。彼は、ああ、と即答すると、訊き返した。

「春は？」

「私も、少し気になったけど。なにを考えてたの？」

彼は軽く言葉をのみ込むと
「俺、たぶん嫌悪感が表情に出てたね。とっさに危険な感じがしたから」

それを聞いた途端、私はなぜか呼吸が止められたようになり、足元の影に視線を落とした。

「だから、私もなんだか不安な気持ちになったのかな。さっき」

彼が察したように詫びた。

「ごめん。俺、ちょっと露骨すぎたね」

寄り添う彼の肉体の柔らかい香りや、短く整えられた襟足《えりあし》の清潔さを好ましく思いながら、同時に、自分だけが分断された世界のあちら側に立っていたような想いがした。

「私にまで向けられたように感じたのかもしれない。その、嫌悪感が」

「どうして？」

彼は心底驚いたように訊いた。

どうして、と私は口の中でくり返し、とっさに
「すぐとなりに、いたからかな」

と深く突き詰めることなく結論づけた。

「そうか。今度から気をつけるよ」

「うん。ありがとう」

彼がべつの話題を始めて喋る間も、私は半ばうわの空だった。

マンションの下までやってくると、彼が二階の窓を仰ぎ見た。私は迷ったけれど
「今夜はちょっと、資料も整理したいから、一人になろうかな」

と告げた。

彼は、うん、と小さく頷くと、ふいに表情を明るくした。

「来週末の旅行、楽しみだな。朝九時にレンタカーで迎えに来るから」

「ありがとう。私も楽しみ」

マンションの下で、帰っていく背中を見送った。

彼はここから徒歩二十分の社員寮に住んでいる。会社からの補助も出るし、将来的に結婚したら新居は賃貸ではなく新築を購入したいので、独身の間は貯金することに決めているという。

四歳年上の彼の口から出る、新居、とか、独身、という言葉は、私たち院生が後回しにしているものを映し出すようで、時々どきっとする。修論も書き終えていない私にはまだ全然そこまでは考えられない。

ドアを閉じて一人きりになった途端、身に纏《まと》ったすべてが重荷に感じられて、シャツ、ミニスカート、ブラジャーと次々に脱いだ。

Tシャツと短パンに着替えて、キャンバス地のサブバッグから、青と白の二冊のノートを取り出す。青いノートを軽く開き、『銀河鉄道の夜』についての書きかけの考察を流し見してから、閉じる。

もう一冊、白いノートを開いた。

そこには、簡単なあらすじが書き込まれているだけだった。私は机の引き出しを開けた。

A4サイズの茶封筒は傍目には重量がありそうでいて、持ち上げると、あっけないくらい軽い。なぜなら途中で書くのをやめた原稿だからだ。

高校二年の夏休み、夏期講習とバイトの合間に、私は実の父親をモデルにした小説を書こうとした。だけど完成させることができなかった。

私が修士論文として提出しようとしているのは、この小説の完成稿だ。でも、未だに目処は立っていない。

床に座り込んで、頼りなく、ページを捲った。

本を返しにきたら、正門のところで、コンビニの袋を右手にぶら下げた売野《うりの》さんに会った。

彼女とはさほど親しくないこともあって、タイミングを少しずらせばよかったな、とつい思ってしまった。

売野さんは軽く顔を向けると、おはよう、と関西のアクセントを含んだ声を出した。

「原さん、研究室、行くの？」

「ううん、先に図書館。売野さんは研究室？」

「うん。私はそう」

中庭の芝生が静かな熱風に撫《な》でられて、おっとりと揺れた。図書館と校舎との分かれ道でばいばいかと思ったけれど
「アイス買ったから、私、そこのベンチで食べていこうかな。研究室、めっちゃ冷房強《つよ》ない？　良かったら、半分いる？」

彼女が袋から雪見だいふくを取り出して見せたので、断れなくなり、木陰のベンチに横並びで腰掛けた。

となりに座ると、髪の短い売野さんの首筋がよく見えた。そこまで痩せ型というわけではないけれどタイトなジーンズを穿《は》いていた。ゆったりしたTシャツは肩のところが柔らかく落ちている。ちょっとアートっぽいトートバッグがベンチの端に丸まって置かれている。

「なんかこうやって二人で話すの、意外と初めて？」

売野さんが笑顔で訊いた。私は、そうだね、と答えた。

彼女は他大学を卒業して、大学院からうちに来た。

本当は二年目なのだからもっと仲が良くてもいいのだが、じつは私は髪が短い女の子があまり得意じゃなかった。さばさばしすぎているのではなく、むしろ女性性という名の柔らかくて熱いものが剝《む》き出しになっているような感じを受けるのだ。それは私にとっては近寄りがたかった。

そういえば小学生の頃、顔と裸に関する心理テストが流行ったな、ということを、なぜか唐突《とうとつ》に思い出した。

「アイス、手で取っちゃって大丈夫？」

「うん、いいよ、いいよ」

彼女が言うので、雪見だいふくを一個つまみながら

「売野さん、こんな心理テスト知ってる？」

と尋ねた。売野さんは驚いたように笑って

「心理テスト？」

と訊き返した。

「うん、昔、小学校で流行ったやつなんだけど。あなたは道の真ん中に裸で放り出され

ました、むこうから人がやってきます、とっさに隠す箇所はどこですか？　ていうやつ」

「ひとつだけ？」

と彼女が質問した。

私は餅《もち》を引っ張りながら、うん、と頷いた。バニラの匂いと甘さの後で、奥歯に冷たさがじんわりくる。

この心理テストの答えはこうだ。そこはあなたが一番自信のあるところです。そして大多数の子の回答はこうだった。顔。

そこでいつも皆が、わああ、とからかうように声をあげたことを思い出す。ただ、私はこの答えには当時から納得がいかなかった。男の子ならともかく、女の子に胸と下半身のどちらかだけを隠すという選択肢はない。だから顔という答えは半ば誘導されたものにも思える。それに普通に考えて、見られて嫌だと思うなら、それは最も自信のない箇所ではないだろうか。

そのとき、売野さんが言った。

「うーん、私は、臍《へそ》かなあ」

「臍っ？」

予想外の答えに、私は訊き返した。

「うん、私、臍出てるから。ビキニとか絶対に着られへんし。それ以外の裸は、まあ、若くて女の子だったら、多少あかんくても、価値があるから、大目に見てもらえるかなあ、と思うけど」

私は妙に納得して、心理テストの答えを伝えるのも忘れてしまった。

「ビキニといえば、今年の夏は、海水浴もプールもなくて、ちょっと寂しいなあ」

彼女が軽く青空を仰いで、言った。

「ああ、そうだね。私も去年は海にも泳ぎに行ったな」

「あ、彼と？」

売野さんはベンチに座った直後よりも、親しみのこもった口調で訊いた。

「私、原さんの彼、見たことあるよ。去年のクリスマスに大学内のイルミネーション、見に来てた？　わりと背の高い人やんな？」

「見られてたんだ。なんか恥ずかしい」

クリスマスの日も授業はあったので、彼が終わってから会おうと言って、会社帰りのスーツとコート姿のまま大学の前で待ち合わせたのだった。

「ええやん。二人とも、すごく幸せそうだったよ。原さんってクールな印象だったから、意外やった」

「クール、でもないよ。今だって修論のことで内心焦り始めてるし」

売野さんは地面に落ちた影にさざ波を立てるように足を軽く揺らして、それは私もやから、と言った。その笑顔を見ていたら、気やすい気持ちになっていた。

「売野さんは付き合ってる人、いるの？」

「いた、けど関西に戻って就職したから、浮気が理由で、お別れした」

「浮気って彼の？」

「ちゃうって。私が」

私はどきっとしてしまった。女子の浮気なんて犯罪を犯したのと同じくらいに口に出してはいけないものだと思っていた。

そう伝えたら、彼女は驚いたように

「原さん、ちゃんとしてるね」

と感心したように言った。ちゃんとしてる、という表現が妙におかしくて、笑った。

「ちゃんと、ていうか……そもそも面倒じゃない？　隠したり、嘘ついたり。それなら最初から別れたほうが早くないかな」

「せやなあ。けど、人間、本当にしんどいときはバランスをつい取ってしまうよね。そうしないと、うっかり死ぬこともあるし」

「うっかり死ぬ？」

と私は慎重に訊き返した。

「ええっとね、原さん、あの小説、知ってる？　最後すごいひっくりかえるやつ。私、好きで、映画も観て」

わりに話が飛ぶ人だな、と思いつつ、タイトルだけは、と答える。十代の頃にすごく売れた日本の小説だった。売野さん曰く、地元で付き合っていた彼が浮気したりDVっぽくなったことで、彼女がある手段を使って二股をかけるという話で
「映画も、嫌な感じじゃなくて、ちょっとちゃっかりした女の子みたいに魅力的に撮《と》ってて、でも見る人によっては悪い女の子に見えるのかなあ、と思ったけど、私はそのとき全然いいやん、リスクヘッジ、リスクヘッジ大事やんって思った」

私は、リスクヘッジ、と復唱した。

「結婚したいくらい好きな男の子にひどくされたり、妊娠したかもしれないって女の子だけがしんどい思いしたり、そんなの真面目に一人で抱え込んでたら、うっかり、死ぬやんか」

「ああ、それは、そうかもしれない」

彼女がそういうことを考えているのを意外に感じつつ、相槌を打った。つまり売野さんは前に付き合っていた人とはそれくらい、しんどいとき、があったのだろうか。

売野さんはコンビニの袋にアイスの空箱を押し込むと、立ち上がった。

「ありがとう。前から原さんと話してみたかったから、楽しかった。私ばっかり喋ってたけど」

「そうなの？」

と私は訊き返した。

「うん。キリスト教と文学っていうのも、珍しくて、面白いなあって思ってたし。私、中学校からカソリック系の私立通ってたから、けっこう、ミサとか聖歌とか、馴染みがあるよ。原さんも学校通ったりとか、身内にそういう人がおったりしたの？」

「うん、私は祖母がキリスト教徒だったの。それで身近だったのと、研究はほかの人があんまりやってないから、かぶらなくていいかな、と思って。教会のバザーとか、好きだったな。だいたいお菓子食べてただけなんだけど」

分かる、と売野さんは笑って頷いた。アイスありがとう、と伝えて、中庭の分かれ道をそれぞれに歩き出した。

図書館のトイレで、少しべたついた手を洗って、鏡を見た。母よりも父よりも、父方の祖母に似ていると言われていた自分を。祖母が他界して五年になる。まだその顔は鮮明に覚えている。

祖母の最期の言葉は、実の息子に会えないまま死ぬのは悲しいよ、だった。

仲居さんが出ていったので、私たちは旅行鞄をどさっと畳の上に置くと、窓の外の新緑に見惚《みと》れた。

「すごい。テラスの窓が広くて、山の中にいるみたい」

客室の空調は、ほんの少し音が響く。セミダブルくらいのベッドが二つ並んでいて、朱色と金色のカバーが掛かっている。

濃い緑茶に口を付けてから、私はクローゼットの中の浴衣を出した。

「もうお風呂に行くの？」

と彼に訊かれたので、うん、と答える。

「少し、二人でくっついたりしない？」

「いったんくっつくと、夕食まで離してくれないのに？」

ちぇ、という声がして、私は声を出さずに笑った。

浴衣を羽織って帯を締めてから、彼の分の浴衣も畳の上に出していると、背後で鍵の外れる音がした。

「春、おいで！　雨だ」

はしゃいだ声がして、私は振り返った。彼が窓の向こうのテラスに立っていた。よくよく見ると、たしかにその笑顔の向こうに、雨が降っていた。

屋根のあるテラスに出ると、どしゃぶりの音が押し寄せて、煙のような雨が立ち込めていた。手すりの向こうに森や山の新緑が溢れて、二人きりで宙に浮かんでいるようだ。

彼が私の体を抱き寄せた。強く、あたたかい胸の中で、私は目を閉じた。雨音が無数の会話のように耳に流れ込んできた。

興奮したように跳ねる雨粒はうるさいほどで、それ以外の一切の音は吸い込まれてしまい、雨だけが騒ぎ続ける静寂《せいじゃく》の中で、私もまた抱き着いた腕の力を強くした瞬間に彼が言った。

「春、一緒に暮らしたい」

私は弾《はじ》かれたように目を開けて顔を上げていた。

「え……だって私、まだ就職もしていないのに？」

「うん。だから春が卒業してからだけど。一年前に出会って、付き合って、どんなときも楽しいし、幸せだった。夏休み、少し時間取れないかな？　うちの親に会ってほしい。それで、もし春の気持ちが変わらなかったら、結婚したい」

彼はまっすぐに私を見つめていた。自分がこれまで同棲や結婚というものを考えたことがないことに気付いた。むしろ考えないようにしていたみたいに薄い、と思ったら、頭の芯《しん》が軽く痺《しび》れた。

それでも彼のことは好きだから嬉しい、はずだと思いかけた私にむかって
「いつもどんなときも春が、好きだよ。俺は春のことを愛してる」

そう言われた瞬間、スイッチが切り替わるように、心が途切れた。

「私を愛してる？」

「うん」

彼が深く頷いた。きっとこの先、年齢を重ねても、けっして濁らないであろう、精悍《せいかん》なまなざしを向けて。

「あなたが、私を愛してるって、どういうこと？」

彼が、少しだけ考えるように黙った。それから、やっぱり私の言ったことが分からなかったように
「春？」

と呼びかけた。

私は私のままで宙に浮かんだようなテラスに立っているのに、まるで、なにもかもが違ってしまったようだった。

「あなたが、私を愛してるって、どういうことだと思う？」

「春？　俺が、分かる？　誰だか」

彼がそう言って、私の目を覗き込んだ。答えかけて、口をつぐむ。もちろん分かっている、この人が誰だか。でも
「私、言ってなかったことがある」

「それは……なにか俺に秘密にしてたってこと？」

私は首を横に振った。

「この前、あなたの嫌悪感が、私は悲しかった」

彼は一瞬申し訳なさそうな表情になったけれど、不用意な失言を避けるように黙っていた。

「だって私、ああいう人たちのこと、よく知っているから。どうしてだか分からないけど、でも、知ってる。でも、なにも知らない」

雨で立ちのぼった土と木々の匂いを吸い込むと、深い森と夜の風の記憶にいっぺんに引き戻されていた。

「それでも、私を愛してる?」

彼は即答できなかった。私は繰り返し、問いかけた。私は分かっていた。なにか大事なことをたくさん忘れてしまったことを。思い出せないのに、それでも、忘れてしまったことだけは、重なったときの彼の体と同じくらいに、深く、深く覚えているのだった。

そしてなぜか手をつけ始めたばかりの論文が、その遠い旅へと私を導いている気がしたけれど、それもやはり忘れてしまっているから、今はまだ定かではなかった。

2

☆

茉里《まり》へ

僕はもう行かなければなりません。

僕の情熱はこのまま死ぬためだけに燃える星の終わりのようにどこまでも墜落していくのでしょうか。僕は焦っている。だけど焦りの言葉は、それが真摯《しんし》であるほど、空転して滑稽なものになっていく。愛情と同じことです。一日に百回、愛シテイル、と繰り返す男を果たして誰がほんものだと受け入れるでしょうか。言葉は少ないほうがいいし、愛は語らないほうが何百倍も尤《もっと》もらしい。でも、それは同時にただ一つの、ほんとう、を手放すやり方です。

僕がいなくなることを、イオンの旅を書くことを、とても遠い旅に向かうことを決定させたのは、ほかならぬ、あなたです。あなたはもうこれ以上、僕の思想、思考、本質を分断してはいけない。そうじゃなければ、僕はいずれ、あの夜のように、あなたに手をあげてしまうでしょう。

どうして死んでもいいと思うほど殴ったのか、警察と両親は僕に何度も尋ねました。でも僕は警察と両親に暴力をふるったことはないので、答えられなかった。僕はただ、なんとなく、そうすることを望まれている気がしたのです。

最後に家族で集まった、正月の冬の朝を覚えていますか。

初めて雪を見た春がインスタントカメラを持ち出して、レンズを自分に向けたままシャッターを切ったことに気付かず、雪がとれました、と誇らしげに笑っていたのを。僕はあのとき、春のイノセンスがあまりにも痛々しく感じられて、愛情ごと体が真っ二つになる想いがしました。

あれはきっと僕自身の姿でもあったのだと、今、思います。

だから僕は遠い旅について書かなくてはならない。

僕に本質はないのかもしれない。でも、愛はきっとあるのでしょう。そうだとしか思えないのです。そしてそれはいつだって死を内包しているものでなくてはならないのです。

さようなら、茉里。

僕のことは死んだと思ってください。

武春《たけはる》

☆

明け方に目を覚ますときには、どうして彼も同じように起きるのだろう、と思うことがある。
横向きのまま目を開けると、どちらが先ともつかぬタイミングで彼の瞼《まぶた》が持ち上がり、視線が合ったら

「春」

と呼ばれた。頭のむこうの簾《すだれ》に青い光が滲《にじ》んでいる。
私は数秒黙って、喉を開き、息を漏《も》らした。

「亜紀君?」

彼は一拍置いてから、うん、と短く頷くと、夏用の薄い掛布団をまくり上げた。
浴衣がはだけてもだらしなくないのは、鍛えた肉体の輪郭がくっきりしているからだと思った。

「だけどまだ俺、寂しい。春」

こんなにはっきりと、寂しい、と言う男の人に、私は出会ったことがない。

「うん」

ごめん、と私は言った。それから唐突に大雨が降った川の勢いに巻き込まれるように、彼の体が覆いかぶさってきた。

流れ落ちてくる汗を目尻に受けると、互いが泣いているようになった。彼の汗はいつもべたつかない。さらさらと汗を流して正しく循環《じゅんかん》している体にしがみつく。この人は私と一生一緒にいたいと思っているんだ、という事実がめまいのように感情を一回転させた。身体を通して初めて放たれた言葉が国境線を越えたように届いた。

体が離れると、潔《いさぎよ》いほどの疲れが隅々まで行き渡り、すっかり以前の私に戻っていた。二度寝してしまいそうだったので、お風呂にでも入ろうと思い、起きて浴衣を羽織った。

「春、今日どうするか、一緒にもう少し寝ながら相談しようよ」

上半身裸の彼が人懐《ひとなつ》こく話しかけてきた。私は帯を腰の上で結びながら言った。

「うん、でもあと一時間で朝ご飯の時間だから。お風呂入る」

えー、と子供みたいに不満げな声を背中に受ける。

「なんだか男女逆だな。行ってらっしゃい」

私は笑ってタオルを取りに行った。

青空の広がる露天風呂に浸かっていると、昨日の動揺が嘘だったように頭が冴えた。私は首筋を撫でながら、存外、男の子のほうが余韻《よいん》にこだわるものだな、と考えた。前に半年だけ付き合った元カレも、その前にも半年間だけ付き合った元々カレもそうだった。終わってすぐに服を着る私をからかうように呼び止めたり、苦笑していた。

そのわりにこちらの寂しさや恋しさが高まって、彼がいなくなったら私死んじゃうかも、なんて柄にもなく考える翌晩や二日後くらいには、男性側はさっぱりとした態度に戻って友達飲みや残業をこなしているので、釈然《しゃくぜん》としなかったりもする。

浴衣を着てから、朝食まで少し時間があったので、下駄をつっかけて宿の敷地内を散歩した。涼しい朝でも、蟬は勤勉に鳴いている。

宿の周辺はちょっとした渓谷《けいこく》になっていて、中庭から川まで下りられるようだった。東京に戻れば自然に触れる機会も減るので、浴衣の裾《すそ》に気をつけつつ石段を下りてみた。

砂利だらけの河原までやって来たとき、時を早送りで刻むような音が響いた。

仰ぎ見ると、高台にお寺があるようだった。低く呟き続けるような声に時折混ざる、鉦《かね》の音。光が反射した看板は、遠目に『日蓮宗』と読めた。もしかして賢治が信仰した法華経の読経だろうか。その奇妙に速く強いリズムには迫力があった。よけいなものが追い払われて、全身が空っぽになっていくようだった。

止《や》んだときには、時間が経っていて、急いで部屋に引き返した。

布団が上げられたお座敷に、朝食の準備が整っていた。

「大丈夫？　具合でも悪くなったかと思った」

亜紀君が心配そうな目をして、浴衣の裾を押さえて立ち上がった。私は近付いて、ありがとう、とその胸に手を当てた。空気が和《やわ》らいで、彼がほっとしたのが伝わった。

テレビからはふたたび自粛を促すニュースが流れていた。もしかしたら今年はこれが最初で最後の旅行かもしれないな、と考える。

朝食の温泉卵を喉に流し込んだタイミングで

「春が前に付き合ってた男の子とは、どんな旅行したの？」

彼が訊いた。

私はちょっと考えてから、海水浴には行ったりしたよ、と最初に付き合った元々カレとの思い出を伝えた。

亜紀君は、二番目に付き合った日本文学科の同期生と誤解したのか

「そっか、意外とアクティブだったんだね」

という感想を口にした。

そういえば以前、春と共通の話題が多い関係って羨《うらや》ましいから俺もたくさん本を読むよ、と亜紀君は言っていた。この人はたまに私の過去と自分とを比べては、頑張ろうとする。

私にしてみれば、知っていることばかりが重なるよりも、Wi-Fiがない環境でパソコンメールが送れずに困っていたら

「そんなのスマホのテザリングで出来るよ。春、どうせ動画もほとんど見ないから、月々の通信量って余ってるでしょう」

と教えてくれるほうが、よほど尊いのだけど。
大学一年のときに告白されて、特に嫌いなところもなかったので付き合った元カレも
「同じ本好きだから」
分かり合えることが多い、という台詞をよく口にした。
が、なまじ分かるからこそ彼の一番好きな作家が「巡り巡って」「やっぱり」の太宰治だったり、セックスの後に独り言のように、ふう、と呟いて前髪をかき上げる癖だったり、篠田君と喋っていただけで、ああいうのが好きなんだ、と茶化してきたり（私と篠田君は院に進むまでべつに親しくもなかった）といったことが滑稽に感じられてしまい
「やっぱり私は恋愛向かないみたい」
と自分のせいにして、話し合いを避けるように後期試験の最中に別れてしまった。
彼がまるで自分に言い聞かせるように「ふうむ」というつぶやきをＬＩＮＥで三回連続で送ってきた末に
「確かに、最初からそんな印象はあった」
と締めくくったのもまた引っかかった言動の一つではあったけど、それ以上しつこくされることなく、半年間ありがとう、と言ってくれたときには根の素直さに触れた気がして、少ししんみりした。

私は亜紀君を見つめた。

「春、どうしたの？」

「うん」

私は目を伏せて笑った。

「なんだよ」

「亜紀君は、素敵だな、と思って」

「ほんと？」

大きく目が見開かれて、ぱっと笑顔になる。表情に出るのが面白い、としみじみ眺めた。

帰りに大きな吊り橋を、彼だけが渡った。私はワイヤーロープを摑《つか》んで一歩目を踏み出しただけで足がすくんだ。

吊り橋の真ん中で、背後に大きな山を背負ってばんざいした彼が初めて小さく見えた。谷底の渓流は加工したような深緑色で、現実なのにSNSの中にいるようだった。

「春の白いシャツ、遠目にも透《す》けてて、どきっとした」

戻ってきて嬉しそうに目を細める亜紀君だけが生身だった。恋愛だけは古典の授業で学んだ平安時代も二〇二〇年も大差ない。

「これはそういう素材なんだよ。シースルーシャツって、今、流行ってるの」

「えー。じゃあ、大学にも着ていくの？　聞き捨てならないな」

「聞き捨てていいよ」

などと言い合い、駐車場に戻りながら、亜紀君の様子をうかがう。

「ん？」

明るい目をして問いかける彼に、私はうんと首を横に振った。いつも大事な言葉ほどいったん飲み込んでしまう。

車内はかえって冷や汗が出るほど蒸していた。剝《は》ぐようにマスクを外すと、見計らったようにキスされる。

顔が遠ざかっていくのを確認してから、私は今度こそ切り出した。

「昨日の話って、本気だったの？」

「どの話？」

と彼は訊き返した。

「一緒に暮らすとか、結婚とか」

「もちろん、俺は本気だよ」

彼は真顔で言った。私は迷ってから

「気持ちは嬉しいし、これから先、亜紀君より好きな人はできないと思うけど、あんまり結婚っていいイメージがないから」

と正直に答えた。

「……ああ。春のお母さんも、彼氏はいるけど、入籍するつもりはないんだっけ？」

うん、と私は頷いた。私の母は今、年上の不動産業を営んでいる恋人と軽井沢で暮らしている。不自由のない生活をしているが

「結婚はもう二度としないけど」

と言うときの母の表情だけは硬い。

強烈な冷房の風が吹き出したけれど、彼はまだ額にたくさん汗をかいていた。

「それは、春のお父さんが失踪したから、かな？」

たぶんね、と私は答える。

「配偶者が失踪した場合、基本的には三年経って生死が不明でないと離婚できなかったことで、母は結婚制度はこりごりだと思ったんじゃないかな」

「それって長すぎるよなあ。大事な相手を半月だって連絡なしに放っておいたりしないよ」

「そうね。だから、失踪するっていうことは、大事なはずの相手を捨てることだよね」

急に亜紀君が強く私の横顔を見た。なに、と視線を戻して問いかける。

「俺は春にそんなことしない」

「うん。まあ、普通はぽんぽん簡単に失踪したりしないよね。人は」

春は冷静だなあ、と彼はぼやいた。それから私の右手を握った。

「俺は、春がある日突然いなくなるような気がして、たまに少し怖くなるよ」

旅から戻って数日間は、体内時計が上手く整わなくて、意識的に論文を読んだり書いたりする作業に向かっていた。

『銀河鉄道の夜』についてまず掘り下げるなら、賢治の妹トシだと思った。それはなによりこの小説がジョバンニと死んでしまったカムパネルラの物語だからだ。賢治はトシの死後に樺太まで鉄道旅行をしていて、そのときのイメージが作品に反映されている、と指摘する資料もある。

理由はほかにもある。トシが成瀬《なるせ》仁蔵《じんぞう》から教育を受けたという事実だ。成瀬仁蔵はトシが学んだ日本女子大学（当時・日本女子大学校）の創立者で、かつてはキリスト教の牧師でもあった。その信仰心によって生まれた「人は神の前で平等である」という理念から女子教育に力を注いだ。ジョバンニという名もイタリア語でヨハネに由来するものだ。

もう一つ重要なのは、改稿だろう。とくに第三稿から第四稿の改稿を重視する研究者は多い。なぜならブルカニロ博士という第三稿に登場した人物が、第四稿では忽然《こつぜん》と姿を消してしまうからだ。その博士の台詞で気になるものがあった。

「信仰も化学と同じようになる」

どういう意味で書いたのだろう、とふと考える。言葉の響きだけだと、若干新宗教めいた発想のようにも感じられる。

ちなみに成瀬仁蔵は単純にキリスト教信者であっただけではなく、シンクレティズムの考えを持っていたという。シンクレティズムとは、異なる宗派や信仰を混合、結合することである。

私は引き出しを開けて、茶封筒を見た。

小説を書こうとしたときに、書き出しに苦労して時間を相当に費やしたことを思い出す。第三稿、第四稿はもちろん重要だ。だけど第一稿には見逃しているものはないのだろうか。

一大学院生の私に、後世まで名を遺《のこ》した作家の真意は、理解できないかもしれない。でも、同じように書く立場の人なら――。

誰かに意見を聞けないか、教授に相談してみようかと考えたところでスマートフォンのアラームが鳴った。お昼の担当教授とのZｏｏm面談まで、一時間。手を伸ばしてアラームを切り、よいしょ、と自分にかけ声をかけて、椅子から立つ。

室内を見回して、映ってはいけないものがないか、確認する。体が冷えたので冷房を一回止めると、すべての音が止んで、世界にはもう誰も生き残っていないような気がした。

私はラグの上にアイロン台を出した。洗い終わったハンカチやシャツをまとめて持ってくる。

蒸気の噴き出すアイロンを、ハンドタオルにそっと押し当てる。四隅をなぞるように伸ばしていく。終わったら次は、コットン地のハンカチ。シャツ類は最後。ボタンまわりまでアイロンの先を使って慎重に。

母は仕事で忙しい人だった。部屋着は着古してぼろぼろだったが、外へ出ていくときはクリーニングから戻った皺《しわ》のない服しか着なかった。受け渡し伝票を持って夕方にクリーニング店まで取りに行くのは、主に学校帰りの私の役目だった。

だから私は未だに洗っただけの服や布製品を見ると落ち着かない。もっともクリーニングに出すお金はないので、一人暮らしを始めて真っ先に上手になったのは、料理よりも掃除よりもアイロン掛けだった。

なにより、時々、混乱するのだ。

小さな頃のこととか、となりの席の人の会話とか、就職とか、数日前のセックスとか、あと一時間でＺｏｏｍだとか、夏だけシンクに湧《わ》くコバエとか、そういうすべてを処理し続けなくてはならない日常は、たまに私を混乱させる。

ささやかに、いつの間にか沈澱していることも気付かないくらいに積もっていく。

だから私には角とか四角とか直線に戻す作業が必要なのだ。大抵の皺は消せる高温を押し当て、時間をかけて正しい形に直すことが。

一通りアイロンを掛け終わると、冷房をつけてシャワーを浴びた。身支度を終えると五分前だったので、お茶を淹《い》れ直して、机に戻った。

教授とのZｏｏｍでの対話は、音声が遅れたり、ハウリングすることもあって、対面よりもややぎこちなくなった。

痩せた顔に笑みを浮かべて言葉少なに頷く教授に、進行具合を報告する。いくつか資料や内容のアドバイスを受けた。

もう終わりかな、と思ったタイミングで

「そういえば、ほかの同期生とは会ってますか？」

と訊かれた。私は、図書館に行ったときに少しだけ、と伝えた。

「そうですか。今年は皆、本当に気の毒だから。勉強も大事だけど、同じ学問を愛する者同士のなにげない対話に、一番、学ぶことが多いものですしね」

そう言われると、なんだか急に彼らの顔が見たくなった。去年まで普通に大学に通っていた頃には、そこまで衝動めいた感情を抱いたことはなかったのに。

ひさしぶりに教授と話した緊張や高揚《こうよう》も手伝って、私はスマートフォンを手にした。

コロナ禍という状況もあって、居酒屋で会おうとは言いづらい。だけど親と恋人以外を呼んだことがない部屋だったら、まだ感染のリスクは高くないのではないか。

　そこまで考えたら緊張した。とはいえ誘っていいものか。唐突じゃないか。少なくとも、今の状況じゃなかったら、部屋に誘うほどの距離感ではない。

　迷った末に、まず篠田君にＬＩＮＥした。人付き合いの上手な彼だったら、後から誰が来ても大丈夫だろうから。

『珍しいね。今日ならバイトもないし、もちろん約束もないからいいよ』

　あっさりＯＫだったということは、彼もそれなりに暇を持て余していたのかもしれない。胸を撫で下ろし、もう一人、同じ研究室の女の子を誘うと、彼女は今夜はバイトなので難しいということだった。

　そこで浮かんだのが、売野さんだった。篠田君ともよく親しげに話しているし、この前あんなふうに言ってくれたばかりだし、と勢いだけで連絡してみた。

『嬉しい。行く。買っていくものある？　十七時でいい？』

　という返信がすぐにあって、気恥ずかしさが拭われたように感じた。

　いそいでトイレ掃除や皿洗いや買い出しをしているうちに、日が暮れていた。

　台所の引き出しを開けたら箸が足りないことに気付いて、コンビニの割り箸を探していたときにインターホンが鳴った。

　開けると、篠田君が立っていた。とっさに、近い、と感じて、私がちょっと緊張した

ことに気付いたのかは分からないけれど
「お邪魔します」

彼は軽く笑って、自然な感じで素早く白いスニーカーを脱ぐと、玄関を上がった。

「狭いところだけど」

「いやいや、綺麗だよ」

彼はラグの上に腰を下ろすと、ローテーブルにコンビニの袋を置いた。中身は、お新香と冷ややっことアイスティーの二リットルのペットボトルだった。たしかにお酒と食べ物は用意したけれどソフトドリンクは買っていなかったので、気の利く人だ、と感心する。

「篠田君、あっさりしたおつまみが好きなんだね」

私はお皿を出しながら、言った。彼は、夏バテひどいんだよ俺、と返した。

「冷夏だと思って油断してたら、急に暑くなった気しない？」

「分かる。冷房弱かったら、言って」

大学でも二人きりになることはあるので慣れてしまえば案外違和感はなかったが、今この光景を見たら亜紀君は嫉妬するのかな、と少しだけ考えた。一応、男女の友達が飲みに来るとは伝えておいたけれど。

そこで売野さんが到着したので、ちょうどよかった、と私はまた玄関まで出迎えにいった。

「スーパーめっちゃ混んでて、入店制限してて、びっくりしたわ。ソーシャルディスタンスに焼き殺されそう」

汗だくの彼女のエコバッグには大量の缶ビールや酎ハイが詰まっていた。重たかったでしょう、と気遣いつつ部屋に案内する。ジーンズにTシャツ姿の彼女を見て、こんな状況だから近しくなれることもあるんだな、としみじみ思った。

「篠田君、元気やった？　あー、涼しい。原さんの部屋、センスええなあ」

売野さんはぐるりと見まわしながら続けざまにそんなことを言ってから、クリーム色のビーズクッションに座った。私がコップを出そうとすると
「片付けが大変だから、缶のままでええよ。これ、たこ焼き」

彼女は湯気で湿った紙袋を見せた。

「出た。関西人」

と篠田君が言った。売野さんは怒ったように笑って
「あー、今、馬鹿にしたでしょう？」

と問い質した。私は、まあまあ、と取りなすと、お皿にスナック菓子をあけた。

「いや、だって、売野さんがたこ焼き持ってきたら、そう思うでしょう」

「篠田君、それは私も偏見だと思うよ」

「ほらー。そういえば原さん、今日の先生とのZｏｏm面談どうやった？」

「いつも通り、あんまりなにも言われなくて、それはそれで不安」

私は檸檬《れもん》味の缶酎ハイを開けながら、答えた。ひさしぶりに食べるたこ焼きはまだ熱くてやけに美味しかった。割り箸も付いていた。篠田君も冷ややっこを放って、たこ焼きを食べ始めた。

「ビールも美味いな」

彼がくつろいだように足を崩したので
「飲むのはひさしぶり？」

と私は尋ねてみた。

「うん。原さんは？」

「私は、彼と会ってるときはけっこう飲んでるかも」

売野さんが身を乗り出して訊いた。

「原さんの彼って年上やんな？　結婚したいとか言われないの？　さすがに、まだ早いか」

前に売野さんが遠距離の彼と別れた、と話していたのを思い出した。とはいえ彼女から話題を振ってきたのだし、変に忖度するのも、かえって気を遣いすぎだという気もしたので

「じつは、この前、彼にいずれは結婚したいから来年から一緒に暮らそうって言われて、悩んでる。彼が、前から同棲と結婚はセットだって考えてるのは知ってたんだけど」

私が一息に言ったら

「本当に？」

と二人とも目を丸くした。

「えー。すごいね、羨ましい。原さんの彼、一途そうやったしね」

「え、今時、結婚って、売野さんは羨ましいの？」

などと篠田君が言い出したので、彼女はきょとんとした顔をした。

「もちろん。なんで？」

「結婚するメリットなんて女性側のほうが少ないと思って。二人とも、べつに専業主婦になりたいわけでもないんでしょう？」

「それって結婚したら女性のほうが家庭のことやるってこと？　べつに半々にしたらええやん」

「それは、そうだけどさ。結婚っていう形にはめ込んだ途端に、従来の価値観や役割に結局落とし込まれるってない？　男側だけじゃなくて、女性だって、結婚したらなんだかんだで妻らしくとか母親らしくとか、見えない檻《おり》に自分から入るところはあると俺は思うけど」

「それはたしかに、ね。せやけど、付き合うだけじゃなくて責任持ちたいし本気ですって気持ちが嬉しいやん。結婚制度と、結婚したいっていう気持ちは、またべつじゃない？」

「付き合っている時点ですることはしてるんだから、責任は持ってなくちゃだめでしょ。なんで結婚だけが責任の証明になるのか、俺いまいち納得いかないんだよな」

「まあ、それはそっか……て、でも付き合ってるときの責任なんて証明するのは限界があるんじゃない？」

「なんかさ、契約と責任で縛れば心を固定できるって変じゃないかと思うんだよ」

「じゃあ、篠田君はどういう形がええの？」

「俺は、事実婚がいいかな。実際、最近増えてるし、同居を解消したら離婚にあたるっていう定義もシンプルだし。そもそも片方が別れたいと思ったときにすぐ別れられないって、対等な人間同士として不自然だと思う」

「うーん。理屈は分かるけど、そもそも始めるときに別れるときのことを考えるって、それ本当に好きなん？」

「好きでも実際問題、人は変わるかもしれないし。だって結婚って、その相手以外とは一生恋愛しないし関係も持ちません、て。死ぬまでの数十年間をただの一度も、てさ。それってまるで神様を信じるのと変わらないって、皆、思わないのかなあ」

「えー。神様はおらんけど、裏切りたくない相手は現実に目の前におるやんか。そこ、一緒くたにするところ?」

「いやあ、べつに夫婦だって四六時中、目の前にいるわけじゃないんだから。神様を裏切るなら怖いけど、人間同士なら気持ちが変わったって自然なことだからさ」

そこで二人ともふっと私を見た。

「うん、まあ、どっちの意見も分かる」

と私は答えた。

「原さんは、ほかの人との可能性とか考えないの?」

篠田君が訊いた。

「それは、ない」

彼は軽く黙ると、すぐに口を開いて

「原さんは、その彼のこと、好きなんだね」

と言った。私は、うん、と素直に頷いた。

「ただ、私はある意味では篠田君と同意見」

結婚したいという心は美しいのに、結婚はなんだか厳罰のようだ、と思う。

それはやっぱり父の失踪を三年かけて諦めた母の精神的な負荷を感じ取っていたからかもしれない。

とはいえ母の真意は、実際には分からない。どれくらい傷付いたのかも。なぜなら母から語られなかったからだ。そして、語らない、ということは、傷が深かったということなのだと思う。

売野さんがトイレに立ったタイミングで、彼が私の机を振り返って

「修論二つははかどってる？」

と訊いた。

「うーん、今一つ。どっちも手応えみたいなものが薄くて。あ！　それこそ篠田君の知り合いに小説家っていない？　賢治の改稿の意味が見えてこなくて、書く人の気持ちを知りたいんだよね。今日先生に相談してみようと思ったのに、メモしておくのを忘れて、聞きそびれちゃって」

酔って冗談のつもりで振った話題だったが、彼はなにか驚いたように黙ると、すぐに

「いる」

と言ったので、私も軽く声が上ずった。

「え、いるって、本当？」

「うん。知り合いっていうわけじゃないんだけど、OB訪問でお世話になって、来年の春に入社する出版社の先輩から、ちょっとした頼みごとをされていて。そうだな、たしかに原さんだったら安心かもしれない」

彼がそんなふうにひとりごとを言うのは珍しいので、慎重になる必要がある話なのだな、と察した。

「良かったら、詳しく聞いていい？」

「うん。その先輩の会社でも書いている作家さんがさ、秘書みたいなことを頼めるバイトを探してて。日中にお願いしたいみたいだから、社会人は難しいだろうってことで、大学院にいい知り合いはいないかって聞かれてたんだ。原さんだったら、きちんとしてるし、どうかな。今ってバイトは？」

「バイト、は……今はオンラインで家庭教師はやってるけど、だいたい夕方からだから、日中なら融通《ゆうずう》は利くけど。ちなみにその作家の人って有名？」

篠田君は、吉沢樹《よしざわいつき》、という名前を口にした。正直、知らなかった。それでも彼曰く

「鼻血が出るほど売れてるって。先輩が言ってた」

ということだった。なんでも新幹線乗り場の売店に置いているようなミステリーを書く作家で、読者層は主に中高年のサラリーマンだという。

私の知っている本なんてほんの一握りなのだ、と実感して、篠田君はこれからそういうものをたくさん知っていくのだな、と思ったら、初めて軽い嫉妬を覚えた。

「本当に興味あるんだったら、俺、先輩に話してみるよ」

私は頷いた。お願いします、と付け加えて。

売野さんが戻ってくると、世間話とディスカッションの中間みたいな会話で盛り上がった。彼女と篠田君は何度か意見が対立して、私は内容によってどっちかに傾いた。

唯一、恋愛に対して

「でもセックスなんて、コミュニケーション科目の一教科みたいなものだよね」

と私が言ったら、二人とも目を剝いた。

「原さん、それは、ちゃうって！」

「そうだよ、それはあまりに雑だし、もっと大事なものでしょう」

二人に諭《さと》されて、私は、えー、とぼやきながらぬるくなった缶酎ハイの中身を飲み干した。

一人きりになって後片付けしていたら、亜紀君から電話があった。在宅での仕事がようやく終わったらしく

「酔ってる？」

と素面《しらふ》の声で訊かれた。うん、と私は答えてから、ふふ、と軽く含み笑いした。

「春にしては、ずいぶん長いこと飲んでたね。楽しかったの？」

「うん」

私はまた笑った。そこで彼が気付いたように

「なにか俺の話してたなー」

と指摘したので、してたよ、と素直に答えた。

「気になるな。大学院の友達とは、ほかにどんな話したの？」

「修論のこととか。でも、やっぱり恋愛の話かな。売野さんって、わりに言うことが唐突なんだけど、でも、面白い子だよ」

彼は小さく笑うと

「春もわりと唐突なところ、あるよ」

そう言ったので、私はきょとんとした。

「うそ」

「ほんと。今度まわりに訊いてみなよ。ところで、もう寝るの？」

「うん」

「寂しいから今から俺に飛んできてほしいとかは、ない？」

「だって亜紀君、明日、朝一で葛西の取引先でしょう」

それくらい平気だよ、と言われたけれど、私は正直待っているうちに寝てしまいそうだった。

「今夜はもう寝るから、大丈夫」

そう答えると

「早く一緒に暮らしたいな」

と彼が言ったので、私は軽くつかえたような、うん、を口にした。売野さんと篠田君が来てくれて本当に楽しかったのに、今は一人になってほっとしていることに気付く。ましてや好きな人とずっと一緒にいるなんて、楽しくてもどれほど気を遣うだろう。同棲はコミュニケーション科目の一教科とはいかないなと思う。

それなのに電話を切ると、軽い頭痛と寂しさがじんわり襲ってきた。大丈夫だったはずなのに、大丈夫、と口にした途端にかえって心が揺れる。

卓上カレンダーの今日の日付に、部屋飲み、と遅れて書き込んでから、赤ペンを置いた。

翌日には篠田君から連絡があって

「一度、仕事場に来てもらえないかって言われた。先輩が今週の水曜に打ち合わせに行くから、原さんもそこに同行してもらうのがいいと思うんだけど、どう？」

思っていたよりも話の展開が早いので、こちらから頼んだことなのに内心怯《ひる》んだ。大学の特別講義で何度か本物の作家がきて講演をしているところは見たことがあるものの、実際に会って間近で話したことはもちろんない。

「それって篠田君も一緒だよね？」

「いや、俺は人数増えると密になって迷惑だから、遠慮した」

インターネットで検索したら、件《くだん》の作家さんはちょうど父親くらいの年齢だった。それなら私たちよりもリスクがあるから気を遣っているのだろうと想像できた。

約束の日は灼熱で、ホームの照り返しが強烈すぎて、頭がぼうっとした。酸欠だ、と思ってマスクを一瞬外すと、ベンチ近くの鏡に映った私の頰は真っ赤になっていた。

改札を出ると、ひょろりとした長身の男性編集者がにこにこして待っていた。まっさらな白いシャツを着ていた。鼻の上には丸眼鏡が載っている。

「本日はよろしくお願いします」

先にそう言われてしまったので、私も慌てて、こちらこそよろしくお願いします、と頭を下げた。

「ここからすぐなんで、歩いて行きましょう。暑くないですか？」

「はい、もちろんです。今日はありがとうございます」

「篠田君から、文学部らしい落ち着いた女性だと聞いていたんですけど、原さん、イメージ通りの方ですね」

いえいえ、と私は恐縮して手を振った。

「篠田君、生意気なところもあるんだけど、なんか可愛いんだよなあ。彼、語ると急に熱くなったりしませんか？」

「あ、します。ゼミのときとか、意外と一番熱が入るのが彼で」

篠田君という共通の話題があるおかげで、仕事場のマンションまでの道のりは話が途切れることもなく、案外スムーズだった。

遊歩道の木立を抜けて、広い敷地内に入ると目的のマンションはあった。窓ガラスや外壁のいたるところに日差しが反射していて、眩しかった。

オートロックを解いてもらって自動ドアが開くと、鏡のように天井を映した床が光っていて、軽く足が止まる。

エントランスの向こうはガラス張りになっていて、中庭が見えた。手入れの良い植物が優雅に葉や花を開いている。

コンシェルジュのいる受付には、クリーニングの宅配業者が来ているところだった。男性編集者がすたすたと歩いていって、奥の閉ざされた扉のロックを解いた。私はひたすら恐縮して、一緒にエレベーターに乗り込んだ。

階数ボタンを見て、こんなに豪奢な造りなのに四階までしかないマンションだと知る。傍目《はため》にはもう少し高さがあるように見えたが。

「すごいマンションですね。私、こんなところ初めてです」

「シリーズ物が累計三百万部を超えたときに購入されたそうですよ」

そう説明してもらっているうちに四階についた。

インターホンを押すと、心の準備もする間もないほどの速度で

「どうも」

と鋭い顔つきの男性が出てきたので、いきなり緊張が頂点に達した。私は、はじめまして、と深く頭を下げた。

彼は短い相槌だけ打つと
「とりあえず入って。そこ、暑いから。鍵は掛けなくていいから」

とすぐに中に招き入れてくれた。その後ろ姿を一瞬確認してから、用意されていた茶色い革のスリッパを履く。二人で長い廊下をついていき、リビングに入って、びっくりした。

目を塞ぐほどの光量に、刹那《せつな》、屋上に出たような錯覚を抱いた。

「メゾネットだったんですね」

吹き抜けの天井と、木製のブラインドが掛かった美術館みたいな巨大窓。仰ぎ見れば、天窓まであって、視界の青空の分量がすごかった。

リビングの中央にはらせん階段があり、そこを上がったフロアの奥にはまだ部屋があるようだった。だから四階建てにしてはもっと大きいマンションに見えたのだ。

家具のない左側の壁は一面、作り付けの本棚だった。詰め込まれた資料の背表紙に好奇心をかき立てられていたら、氷入りの黒いコップを二つ手にした彼が近付いてきた。

「本棚、興味ある？　あ、とりあえずそこのソファー座って。俺ジュースとか飲まないからアイスコーヒーだけど大丈夫だった？」と続けざまに訊いた。私は、はい、と恐縮しつつ返事をして、立派なブルーのコーナーソファーに腰掛けた。

彼はちょっと離れたパソコンデスクのリクライニングチェアに座って、くるりと振り返り、向き合う形を取った。

アロハシャツとまではいかないが、明るい緑色の植物柄の襟付き半袖シャツを着て、小綺麗なジーンズを穿いている。髪はまだ薄くなってはおらず、十分な毛量をおさえるように後ろに流して額を出した髪型には、清潔感があった。眼光鋭く、童顔ではないが、年齢を考えると若々しく感じられた。銀縁眼鏡だけが作家という肩書にしっくりくる。それ以外は少し想像と違っていた。

「吉沢さん、おつかれさまです。こちらの女性が、弊社に来春から入社する予定の篠田と同じH大の大学院に通われている原さんです」

「はじめまして。原春と申します。これは履歴書です」

私が差し出した封筒を、彼はすっと受け取ると、中を見ながら

「原、春さんっていうの。名前？」

と少し興味を持ったように訊いた。

「はい」

「はら、はる。そっか」

なにか考えるようにして彼は呟くと
「俺、今、担当の女性に原さんって二人いるんだよね。そんなに多い名字でもないのに珍しいな」

と頭を掻いた。

「ま、いいや。原さん、よろしく」

基本的に早口らしく、こちらの反応を待たずに結論付けるように言った。

「こちらこそよろしくお願いします。あの、吉沢先生は」

「あ、先生ってやめてよ。俺べつに純文学の作家じゃないから。時給は千五百円でどう？　最近の学生さんって安いと働いてくれないって聞くけど」

「あ、でも、そんな。デスクワークなら十分です」

「そう。良かった。来週からとりあえず毎週水曜に来られる？」

「はい。仕事内容を伺ってもいいでしょうか」

などと喋っている間に、天窓から差す日差しで首筋が焼けるのを感じた。冷房は効いているのに、それでも半袖から出た部分がほんのり火照《ほて》るのを感じて、今度からしっかり日焼け止めを塗ってこよう、と誓った。

「まず、登場人物の名前の一覧表作って」

「一覧？」

「そう。俺、今年でデビュー十八年目なんだけど、シリーズ含めた既刊本が百冊近く出てて、もう昔の登場人物の名前とか忘れちゃって、新しく出すとかぶるんだよ。一度、整理したいと思ってたの。そこの本棚に既刊本はぜんぶ並んでるから、それとWikipediaを参考にして、リスト作って。あと契約書に判押して出してきてもらったり、領収書の整理。エクセル使える？　無理だったら手書きでいいよ」

私はちょっと考えてから、勉強してみます、と答えた。

「そう。できる範囲でいいよ。最後はどうせ税理士にやってもらうから。あと頼んだら紀伊國屋書店に資料を買いに行ってもらったり、お昼ごはん注文してもらったり、そんな感じ。平気そう？」

「はい。頑張ります」

私が答えると、彼は初めて小さく笑顔を見せた。それからふと思い出したように

「作家志望なんだっけ？」

と訊いた。

「え？　いえ、違います」

「あ、なんだ。じゃあ、来年には普通に就職するの？」

私が言葉につかえていると、彼は補足するように

「なんか、ついでに俺に小説の書き方も習いたい、みたいな話だったから」

と言った。そんな話になっていたのか、と恥ずかしくなって体温が上がった。賢治についての副論文の相談をしたのが、修論のことだと誤解されて伝わったらしい。

私は言葉選びに気をつけて、言った。

「あの、違うんです。今、論文の準備をしていて、正確には小説を書く方の気持ちを知りたいんです」

彼は訝《いぶか》しげな表情を作ると、前のめりになって
「なに、どういうこと？」

と問い質した。銀縁の眼鏡越しの瞳が鋭くなる。作家というから繊細で軟弱な男性を思い描いていたけど、ずいぶん想像と違う。

「今、宮沢賢治の『銀河鉄道の夜』で論文を書いているんですけど、作品の改稿の意味を探っている段階で。プロの作家の方の気持ちを知ることで、なにかヒントになればと……すみません。本当に個人的な理由で」

彼の作品とは関係のない目的があったことに、気分を害さないかと心配したけれど、吉沢さんは急に砕けた口調になって
「なにそれ。面白いじゃん。俺も興味ある。そのテーマ」

と言い出した。

「本当ですか?」

「うん。だってそれある種のミステリーみたいだしさ。それ、たまにでいいから進んだところまで解説してよ。俺、宮沢賢治はそんなに熱心には読んでないけど」

「そうなんですね」

と私は答えた。

「うん。まあ、ジャンルが違うから、あんまり役に立つことは言えないかもしれないけどね」

「そんなこと。お時間があるときに、ぜひご意見を伺いたいです」

私はまた頭を下げた。

吉沢さんは、じゃあよろしく、と言うと、私のことはもう忘れたように男性編集者へと視線を向けて

「なんかさ、このままだと小さく話がまとまっちゃいそうなんだよね。だから連載期間を当初の予定よりも延ばしてもらっていい? 同時並行で新しくべつの事件を起こして、膨らませたいから」

などと相談し出した。私は空気を読んで立ち上がり

「打ち合わせの前に貴重なお時間をいただいて、ありがとうございます。私はここで失礼します」

と頭を下げた。二人とも、おつかれさま、と同時に軽く笑ったので、これが正解だったことに内心ほっとして退席した。

「というわけなんだけど、できるだけスピーディに登場人物の名前を抜き出してリストにする方法って、分かる？」

私は、亜紀君の目の前でパソコンを開いて、尋ねた。

彼は面白そうにパソコンを覗き込むと、ちょっと代わって、と告げた。私は椅子から立ち上がって、譲った。

「あと、いくつもごめんね。エクセルの使い方、分からないところは教えてください」

「もちろん。だけど、そんなバイトもあるんだね。どうだった、先生は？」

「思ってた感じとは、少し違ったかな」

「どういう方向で？」

私はちょっと考えてから、ふと思いついて

「就活のときに面接してもらった中小企業の社長さんみたいな雰囲気だったかも。自分の頭と体一つで成功してきた感じが。カジュアルなわりには隙がないっていうか」

と説明した。

「ふうん。でも、ちょっと心配だな。作家ってモテるんでしょう」

「作家によるんじゃない？」

「むー」

むー、と今さら言われても仕方ない。

「でも、もしかしたら論文のヒントになる話をプロから聞けるかもしれないから、それはすごくラッキーだよ」

「春、そんなに論文で苦労してるの？」

「最終稿の解釈は元々難しいし、改稿バージョンまであるからねえ」

彼はパソコンから離れた。ビーズクッションを抱えながら

「俺も春に影響されて読んでるけど、鷺《さぎ》のあたりから、よく分からなくなった。改稿ってそんなに全然違うの？」

と訊いた。

「亜紀君、読んだの？」

驚いて訊き返す。

「うん。まだ途中だけど」

その好奇心が私に向けられたものだと思うと、言いようのない気持ちになったので

「そうか。けっこう重要な登場人物が最終稿で削られたのが一番の特徴かな。ブルカニロ博士っていう登場人物が第三稿まではいたんだよね、たとえばね、こんな感じ」

私は話をそらすように解説しながら、本棚から文庫を引っ張り出した。指先に触れたドッグイヤーの隙間をそっと押し開く。

「ああ、どうしてなんですか。ぼくはカムパネルラといっしょにまっすぐに行かうと云ったんです。」

「あゝ、さうだ。みんながさう考へる。けれどもいっしょに行けない。そしてみんながカムパネルラだ。おまへがあふどんなひとでもみんな何べんもおまへといっしょに苹果《りんご》をたべたり汽車に乗ったりしたのだ。だからやっぱりおまへはさっき考へたやうにあらゆるひとのいちばんの幸福をさがしみんなと一しょに早くそこに行くがいゝ、そこでばかりおまへはほんたうにカムパネルラといつまでもいっしょに行けるのだ。」

私が言葉を切ると、亜紀君が我に返ったように、え、と小さく声を漏らした。

「それならカムパネルラって、なんのことだろう」

本を閉じかけた私は

「なんのことって？」

と訊き返した。

「今のを聞いたら、人物名というよりは、なにかの隠喩《いんゆ》とか象徴みたいな印象を受けたんだけど」

　たしかに、言われてみればその通りだった。

「黙読してるときには難しいと思ったけど、耳で聴くと、すっと入ってきやすいな」

　そう彼が続けた。

　宮沢賢治の五感が非常に優れていたことは有名で、オノマトペの豊富さからも分かるように、賢治にとって言葉とは活字であるよりも先に音なのかもしれない。

「なるほどね。亜紀君の言うとおり、音読してみると、また違った発見があるかも」

　私がラグの上を歩き回りながらぶつぶつ呟いていたら
「そういえば、覚えてるかな？　昨年の年末にデートでフェスに行ったときのこと。俺が手拍子もろくに打てないって困ってたら、音と光に素直に従えばそのとおりに体は動くって春が教えてくれたよね。だから春も音のほうが自然に入ってくるかもしれないな」

　彼が思い出したように言ったので、つかの間、思考が停止した。

「忘れた？」

　私は笑って、ううん、と首を横に振った。

「そんなことない。覚えてる」

　巨大な山から風が吹き下ろして、草木がざわめく。闇に白い衣服と人肌とだけが浮かび上がる。月光の方角と風と音の行く先だけが、体のむかうところ。そして踊り、祈る。

　春、と強い口調で呼ばれた。

　私は気が付くと、自分の左腕を右手で激しく擦《こす》っていた。

　彼がビーズクッションを床に置いた。私の目を覗き込み、手を握る。

「俺の知らない春がいるみたいだ」

　その声色に確信がこもっていたので
「亜紀君こそ……様子が変だよ。なにか知っているような言い方だし」

　そう返すと、彼は肩をそっと後ろに引いて、手を離した。

「春に言うか、迷ってたんだけど」

「なにを？」

「俺、最初に会ったときから、春はちょっと危うい雰囲気があると思ってた。落ち着いて見えるのに、急に摑みどころがなくなる感じがして、そう、それこそ春のお父さんみたいに突然消えてしまいそうなところがある子だなって」

　私はさっき強く擦りすぎた左腕を、離した。

「ただ、春はやっぱり違うと思うんだ」

「違うって、どういうこと？」

　曖昧な言い回しが気にかかって、私は尋ねた。

亜紀君が話題を変えるように、着替えていい？　と訊いた。あらためて見ると、半袖のワイシャツとスラックスのままだった。クローゼットには部屋着が用意してあるが、彼が勝手にそこを開けたことはない。

「亜紀君は、本当は、いろんなことを私に言わないようにしてる？」

そう小声で呟いたら、彼が、そうかもしれない、と言った。

「どうして？　私のせい？」

「違う。ただ俺は春が遠く感じたり、自分に気持ちが向かっていないと、分かってしまうんだ。とはいえ、そういうときに余計なことを言っても離れていってしまう気がして」

だけどそれは亜紀君の主観だ。私は彼の短く切ったばかりの髪を見た。その髪型が似合っていようと似合っていなかろうと、すぐそばにいて、その数ミリの変化に気付けるだけで私は嬉しいのに。

春、と強く抱き寄せられて脱ぐうちにあっけなく彼との境界が失われていくのを感じた。私に愛されているか不安を感じる彼に強く必要とされる瞬間は甘くて、いけないことなのに、私もまた心のどこかではバランスの悪い関係性がいいと思っているのかもしれない。

――一年くらい前に観た映画に、そういう台詞があった。ヨーロッパで核戦争が起きた夕方に、仄暗《ほのぐら》い居間で、ドレス姿の妻が呟く。

愛し合っていても、愛し方は違うのね。片方が強く対等になれない。慎重さを欠く――思慮のない方が弱くなるのね。

亜紀君と出会うまで、私は本ばかり読んで、そんな映画ばかり見ていた。いつも世界が終わる前日のようだった。そういう深い森みたいな暗がりが安心すると、幸せではないけれど、巣穴にこもっているようで楽だった。でも今ではどうしてそれで一人きりで毎日過ごすことができていたのか分からない。

ベッドから抜け出した彼が机の上の郵便物に目を留めて、不思議そうに訊いた。

「春、なんか、変なハガキがあるよ」

私はTシャツを着てから、ベッドを下りて、ハガキを摘まんだ。

貴方が六歳の誕生日に贈ったぬいぐるみが必要になりました。見つけ次第、返送していただきたく存じます。念のため、発送後、電話でご一報ください。

私は差出人の、大海、という名字を彼に見せた。

「これはね、絶縁した父方の名字なんだ」

「そうなの？」

彼が驚いたように訊いた。

「あちらとはずっと縁が切れていたんだけど、数年前に父方の祖母が癌で死にそうだからって連絡が来て。何度か病院に行ったんだよね」

「春のお母さんと一緒に？」

「いや。母は関係ないから行かないって言って、私が会いたいなら止めることはしないって言うから。私も父方の親族っていうものに、あのときは憧れがあったのかもしれない」

痩せ細った祖母がほとんど聞き取れない声で、春ちゃんは武春に顔がよく似ている、実の息子に会えないまま死ぬのは悲しいよ、と言ったのを覚えている。

「それで、そのときに看病していたのが、このハガキを送ってきた父の妹だったの」

亜紀君はハガキをじっと読んだ。

「これ、客観的に見ても、すごく変な内容だな。だって六歳の誕生日って、そんなもの持っているわけないし、あったとしても、返す義務なんて当然ないわけだから。それになんだかこの文面」

彼は途中で言葉を切って、ハガキに強く視線を落としたまま続けた。

「高圧的で、春を下に見ている気がするよ」

私は、亜紀君って、と呟いた。

「時々敏感っていうか、鋭いところがあるよね」

「いやいや、そんなことはないけど」

「そんなことあると思うけどな」

出会った頃から、まっすぐな性格の陰に相反するナイーブさが時折映り込む人だと思っていた。

私もなにを考えているか分かりづらいと言われることがあるが、じつは亜紀君のことも、一年近く付き合っていてもどういう人なのか摑み切れていないところがある。

「それよりも、このハガキ、どうするの？」

彼が話を戻すように尋ねた。

「うっかりクリックしたら請求来ちゃうメールみたいに、反応したら面倒が起きそうだから、スルーする」

と私は答えて、引き出しの奥にハガキをしまった。

「春、俺、今夜泊まっていっていい？」

私は、うん、と頷いた。

ベッドの中で、彼が言った。

「本当は、俺がここにいて泊まっていったり一緒に眠ったりすることが、春はあんまり好きじゃない、と思っている」

「そんなことないよ」

好きとか嫌いとか、そういう簡単なものだったらどれだけいいだろう、と考える。アイロン掛けなら、ずっとできる。明日も、あさっても。あれは一人きりの作業だ。だけど私は好きな人との関係がずっと続くという感覚が分からない。どこか、決定的に。

まだ少し混乱して、先に漏れてきた寝息を聴いた。


水曜日の朝、私は用意しておいたメモと新品のノートを数冊カバンに入れて、Tシャツの上に薄手のシャツを羽織り、黒のデニムを穿いた。

午後一時に、先日の高級マンションを訪問した。曇っていたのでそこまで暑くはなかったが、エントランスに入ったら強くも弱くもない空調がきいていて、ホテルみたいに心地よかった。

四階にたどり着くと、インターホンを押してすぐに
「鍵は開けてあるので、勝手に入ってください」

と言われたので、はい、と答えてドアノブを回した。

鍵を掛けろとも言われていなかったので、一応、閉めるときにドアガードだけはしておいた。そういえば大学の先生たちの部屋もセクハラの冤罪《えんざい》予防のために鍵は掛けないようになっていたな、ということを思い出す。

廊下の扉を開けると、前回よりは光量も優しくて、巨大なガラス窓の向こうの雲をじっくりと眺めることができた。

吉沢さんが机から振り返って、どうも、と気楽な感じで片手を挙げた。ストライプの半袖シャツにカーキ色のコットンパンツを穿いている。

「今日からよろしくお願いします。すみません、領収書整理の件ですけど、エクセルがまだ使いこなせる自信がないので、念のため、いったん手書きで整理してから、最終的に入力でも大丈夫でしょうか？」

「ああ、それならぜんぶ手書きでいいよ。領収書だって紙でもらってるんだし。詳しいやり方はいま説明するから。あとアマゾンで購入してる本の領収書の印刷もお願いしていい？」

「はい。もちろんです」

彼は部屋の隅を指さした。見ると、小さな机と椅子が新しく置かれていた。

「それ、あんまり座り心地好くないけど、とりあえず。腰痛とかないよね？」

「はい、十分です」

ソファーに座るように言われて、一通り、仕事の説明を受けた。領収書を日付と但し書きごとに分類したり、契約書に住所の印を押したり、必要なものをプリントアウトしたり……と大半が事務的な作業だった。

「では、よろしく」

コットンパンツ越しの両膝に両手をついて軽く頭を下げた吉沢さんに、私も慌てて、こちらこそ、と頭を下げ返した。

作業が始まると、キーボードを打ったりボールペンを走らせる音以外は、一切の物音が途切れた。細かいことで分からないことはあったが、その都度尋ねるのは迷惑だろうと思い、箇条書きでメモして、あとで質問することにした。

喉の渇きを覚えて、私は足元のカバンから白い水筒を出して、机の隅に置いた。それから書類に水滴がつかないようにハンドタオルも添えた。そしてまた作業に戻った。

一時間半ほど作業したとき、背後から、ううん、という唸り声が聞こえた。

「ちょっと休憩。原さん、甘いもの平気？　女性の担当が焼き菓子くれたんだけど、食べられる？　俺そんなに得意じゃないんだよ」

私は手を止めて、はい、好きです、とすぐに答えた。

熱いコーヒーまで淹れてもらい、ソファーで向かい合って、無花果《いちじく》のマドレーヌとバタークリームのメレンゲクッキーを食べた。どちらもびっくりするほど美味しかった。

「とても、高級なお菓子の味がします」

感想を伝えたら、吉沢さんが噴き出した。声を出して笑うところを初めて見たので、目尻の皺が優しく寄る感じに、少しほっとした。

「原さんって集中力あるね。大学院の学生さんって、みんな、そんなもん？」

「そうかもしれないです。室内で一人淡々と作業するのが好きな学生は、文学部には多いと思うので」

「そうか。うちの娘なんかそういうの苦手だから、真逆だな」

「あ、娘さんいらっしゃるんですね。おいくつですか？」

私はコーヒーカップを手にしながら尋ねた。

「うちの娘？　今、大学四年生。だから今年で学生生活も最後なのに、謳歌《おうか》できなくて可哀想なんだけどね」

「ああ、そうですよね。じゃあ、ずっとご自宅ですか」

「そうなんじゃない？　今は三年前に離婚した元妻と住んでるから、俺も毎日見てるわけじゃないけど」

離婚していたというのは初耳だった。ネットで名前を検索したときにたしか、結婚している、という情報までは出ていた。

「そうなんですね」

「そうそう。てかさ、原さんもご両親、離婚してるでしょう。女の子の名付けをするときに、原春はちょっと字数少ないもんね」

と指摘されたので、作家の観察眼は鋭いな、と思った。

「はい。そうなんです、じつは」

「夫婦も人間とはいえ、子供は大変だね。生活も変わるし、引っ越したりなんだり」

「ああ、でも私の場合は、小学生のときに父が失踪したので、いなくなってしまったこと以外、生活がすべて変わるようなことは、なかったです」

吉沢さんはコーヒーを飲むと、そうか、と言った。同情でも好奇心でもない、そうか、だった。

そのさりげなさに、私はなんだか久々に大人の男性を目の当たりにした感慨を抱いた。

「吉沢さんは、離婚後も交流はあるんですね」

「ああ、うちはね。どっちかの浮気とかじゃなくて、純粋に忙しくて、擦れ違った末の離婚だったから。元奥さん、元気な人でさあ。今、自分で美容関係の会社立ち上げて、ばりばりやってるよ」

「わ、それはすごいですね」

「そうそう。だから俺も六年前の映像化が当たるまでは、けっこう家のこともやってて、カレー煮込みながらゲラ読んだりしてたんだけど、忙しくなったら、余裕なくなっちゃって。むこうは、あなたは仕事で忙しいのをすぐに言い訳にして私の話を聞かないし関心も薄いって怒るんだけど、いや、それ、あなたも一緒だろうって。まあ、仕事柄、年齢のわりに綺麗にしている人だったから、本当は好きな男でもできたのかもしれないけど。そんなもん、今さら知りたいことでもないしさ」

吉沢さんは、そんなふうに元奥さんの文句を喋りつつも、どことなく楽しそうだった。たぶん本当に夫婦としては上手くいかなくなっただけで、経済的な余裕も双方あるようだし、娘さんもいるしで、離婚後も仲は悪くないのだろう。

「さて、執筆の続きやるか。いいね、こうやって誰かに見張られてるのも、週一回くらいだったらメリハリついて、はかどりそうだ」

私は、ありがとうございます、と笑って返した。

三時間の作業を終えて帰るときに、茶封筒を差し出されて、領収書にサインするように言われた。日払い制だとは思っていなかったので、ありがたく受け取った。交通費込みで五千円だった。

彼は腰を叩きながら、思い出したように

「そういえば論文、書いてる？」

と訊いた。

私は苦笑して、難航中です、と答えてから、時計を気にしつつ尋ねた。

「あの、吉沢さんは小説を書くときに、冒頭から書きますか？」

「ああ、俺はね。ミステリーは細かい伏線張らなきゃいけないから。なんで？」

「『銀河鉄道の夜』の第一稿は、途中の、列車にもう乗っている場面から始まるんです。

それって、どういう意味があると思われますか？」

彼は真顔になると、立ったまま腕を組んで考え込んだ。仕事の邪魔をしていないかと心配になりかけたとき
「たしかにそういうバラバラの場面から書き始める人はいるよ。書き手にもよると思うけど、最初に思い浮かんだか、一番書きたかったところだっていうこともあるよね」

わりに熱のこもった口調で答えが返ってきたので、真剣に考えてくれていたのだと分かった。

「じゃあ、そこが主題としても、一番大事なところだと解釈していいですか？」

だけど今度は彼はきっぱりと首を横に振った。

「それは分からない。主題は最初に明確にあるときもあれば、書いているうちに見えてくる場合もあるから。そうだなあ、ただ、その物語を書き始めた動機ではあると思うよ。書き出しって」

「動機」

と私は繰り返した。吉沢さんは、そう動機、と頷いた。

「分かりました。難しいですけど、よく考えてみます。ありがとうございます」

「はい、おつかれさん」

彼は突然打ち切るように言った。ぴりっとした空気がつむじの上から伝わってきて、

おそらく仕事に戻りたくなったのだな、と察した私はすぐに玄関でスニーカーを履いた。

エントランスの自動ドアが開くと、立体的な雲の切れ間から強い西日が差していた。蟬の鳴き声が押し寄せる。マンションの防音が完璧だったことを実感しつつ、そういえば父親と同世代の男性と二人きりで長い時間を過ごしたのは人生で初めてだと私は考えていた。

3

亜紀君の仕事が忙しくなってきた。

春先からすべてが停滞していたのが、最近ようやく動き出したという。

私はテレビの音量を少し下げてから

「良かったね」

と返した。

「とはいっても在宅勤務は週に何度か入りそうで、調整中なんだけど」

彼は抱えていたビーズクッションを床に戻すと、軽く腰を浮かせて、前のめりになった。鮮やかなオレンジ色のストライプのTシャツで視界がいっぱいになる。

「たとえば俺が在宅のときには春の部屋で一緒に作業するとか、どう？　春の邪魔にならなければ、だけど」

私は話を聞きながら、こっそり右手でラグの表面を撫でた。夏用のベトナム製のラグはさらり、というよりはざらりとした糸の質感が肌に少し引っかかる。

「正直、寮だとほかの社員も在宅でいるから、あまり集中できなくて」

私はまた右手の指先を動かしていた。違和感を確かめるようにかえって頻繁に触ってしまう。

「考えてみる」

と慎重に答えた。

私の、考えてみる、は大抵NOだと知っている亜紀君は

「うん、分かった」

と素早く切り上げた。私はラグから手を浮かせて、彼の右手を握った。ん、と笑顔で訊かれる。

「ううん、なんでもない」

私はこの人が本当に好きなのだろうか。好きならば、どうしてこれほど気持ちが定まらないのか――ちらりとなにもないテーブルの上を見る。夕飯を一緒に作りたいと言って、二人で買い物に行った。食後に使い終えた食器は彼が手早く洗ってくれて水切りかごの中だ。

この人には生活力がある。浮気なんかの心配だっておそらくないし、大きな問題なんて一つも、と考えて、胸を押さえつけられたようになる。

「春? どうした?」

思いがけず、本音が漏れた。

「私、亜紀君といると、時々、息が苦しい」

彼は驚いたように悲しそうな顔をすると、なにか言いかけて、口を閉じた。

早朝に亜紀君は

「会社に誰もいないほうがはかどるから、やってくる」

そう宣言して出社していった。私はシャワーを浴びてから机に向かった。

一人きりになると、肩の力が抜けた。物理的にベッドが狭いこともあるが、亜紀君との眠りはどこか緊張する。つらい、わけではない。とはいえ、幸福すぎて苦しい、とも違う。分からないまま、彼を傷つけるようなことを言ってしまったのが悲しかった。私は最近どうも少しおかしい。

ともあれ午後から吉沢さんのバイトに行くので、午前中のうちに論文を進めておかなくてはならない。

宮沢賢治から少し脱線して成瀬仁蔵について調べた。

賢治の妹のトシが通った日本女子大学の創立者だということもあり、宗教的思想というよりは戦前の女子教育に貢献した人物としての資料が多かった。

とはいえ、その根底には、男性優位の儒教の思想ではなくキリスト教による「神の前に人は平等である」という考えがあったことも大きいので、宗教が思想や人生に及ぼす影響をあらためてうかがい知ることができる。

気になったのは、成瀬仁蔵の回顧の一部だ。米国留学中を振り返って、こう語っている。

私の宗教思想に大なる変革を持ち来した力は科学である。特に私がアンドヴァーで研究した社会学である。その以前の私は熱烈なるクリスト信者であり、思想としては、形而上学的、神学的哲学であったのであるが、それを破ったものは科学特に社会学であった。私は今後の宗教、今後の信仰というものは、独断的なクリスト教のみではできない。同様に他の宗派のみでもできないと考えたのである。

『銀河鉄道の夜』の第三稿まではいたブルカニロ博士の、「信仰も化学と同じようになる」という台詞とも少し重なる発言だ。

宮沢トシは一九一五年四月に同校の家政学部に入学した。

明治末期に六年間の初等教育が義務化されたとはいえ、その上に進学する女子は一握りだった時代である。トシの上京・進学は、花巻《はなまき》高等女学校時代にトシが片想いした音楽教師が他の女学生に関心を寄せていたことを、地元紙に面白おかしく書き立てられたことが原因の一つだったとされている。

結果的にトシは上京を決めて、大学に入学した。その時期は、ほぼ成瀬仁蔵の晩年にあたる。

成瀬自身の思想は成熟・深化し、宇宙と人間との相互関係や詩的直観を理解する一方で、合理主義や自然科学という一見相反するものも教育実践に組み込んでいった。それゆえに他者の宗教観を否定することなく、学生が安易に自己の思想に賛同することも好まなかったという。

トシ自身は校風になじめないところもあったようだが、各自が各自の宗教、思想、信念のよりどころを求めることが重要だとする成瀬の講義を、彼女が受けていたという事実は資料としても残っている。

女子は社会にとって必要な一人の人間であると訴え、自立と自己の確立・探求を説いた成瀬に直接学んだならば、文学者の兄を持ち、自身も成績優秀だったトシもまた人間的な自立を志すのは自然なことだろう。とはいえトシ自身は在学四年目のときに病にかかり、入退院を繰り返し、二十四歳の若さで亡くなっているが。

そこで想像してみる。

志半ばで病に倒れてしまったとはいえ、心に傷を抱えていたトシに新しい希望を与えたのは女子教育で、その先駆者の成瀬仁蔵自身が、宗教に対して公平で深い思想を持っていた。

それを考えると、賢治もまたトシからその話を聞いて、兄妹で意見を交わす機会があったとしてもおかしくない。それは一体どんな対話で、賢治自身にはどのように響いたのだろう。

そこで時間が来てしまったので、パソコンを閉じた。

吉沢さんの仕事場のマンションに到着した私は、二重のオートロック構造にもようやく慣れて、手間取らずに四階まで上がることができた。

「いらっしゃい」

今日の吉沢さんはドアを開けて、出迎えてくれた。

「こんにちは。今日もよろしくお願いします」

「はいはい。この後、編集の女性が一人、直したゲラを取りに来るから」

彼はポロシャツの折れた襟を右手で直しながら、ついでのように言った。

私は吹き抜けの室内に入り、定位置の机に荷物を置いてマスクを外しながら、そういうことってあるんですね、と言った。

「そういうことって？」

「あ、『サザエさん』に出てくる、伊佐坂《いささか》先生みたいなことです」

「ああ、編集者が原稿のために自宅で見張ってるやつ？　いやあ、ないよ。今回はぎりぎりなのを、俺がさらに遅らせたから、間に合わなくて取りに来てくれるだけ。昔だったらバイク便で済んだけど、今、高いからってあんまり出さなくなったしね」

素人なりに理解して、頷く。吉沢さんはパソコンに向かうと、キーボードを打つことはせずにマウスだけ動かして、なにやらネット検索を始めた。どうやらすぐに書くわけでもないらしい。

自分の作業を始めてからも

「こういう服って、今の若い人の間でどれくらい流行ってるの？」

とか

「K-POPと日本の女性アイドルだったら、今旬なのはどっちだと思う？」

とか

「短編のタイトルなんだけど、これ、直感的にどう？　ダサいと思ったりしない？」

などと今日にかぎってやけに話しかけられた。

振り返って、一つ一つ答えてから、一向にネット検索を止めない後ろ姿に思わず

「今日は少しお休みの日ですか?」

と訊いてしまった。彼は、そう、と息を吐くように答えた。

「今日までの直し分、五百ページあったからね。さすがに集中力がないな、今日は」

私はため息を漏らしてしまった。

「そんなに書くって、すごいことですね」

「原さんは小説書こうと思ったことないの?」

背を向けたまま訊かれて、戸惑った。いえ、あの、と口ごもる。

「実は少しだけ、書いたことがあります」

「へえ。どんなの?」

彼が振り返る。まさか今も書いていますとはプロの作家を前にして言えず、私はごまかすように席を立った。良かったらお茶でも淹れましょうか、と訊いてみると

「ああ。いいよ。俺、コーヒーしか飲まないから。淹れるよ」

そしてまたコーヒーを淹れてもらってしまった。

湯気のたつ深い緑色のカップもだいぶ見慣れてきたな、とほのかな愛着を覚えながら、口に含む。苦くて濃かった。

「で、小説って?」

「あの、昔、父が書こうとしていた小説があるんです。そのことをずっと考えているう

ちに、私も書いてみようと思ったんです。結局、完成しなかったんですけど」

吉沢さんは眉根を軽く寄せて、お父さんって失踪した人か、と訊いた。その間に大きな窓から強烈な日差しがゆっくりと注がれて、眼鏡越しの目元に無数の縮緬《ちりめん》皺を浮かび上がらせた。

「ちなみにお父さんは、どんな小説を書こうとしてたの？」

私は一瞬考えて、足元のカバンから手帳を取り出した。中に挟んでいた手紙のコピーを出して、吉沢さんに手渡す。

父が失踪したとき、食卓の上には一通の手紙だけが残されていた。母は仕事で不在だったので、小学校から帰った私がそれを発見した。

母は警察に失踪届を出した後、私にその手紙を渡した。あなたの父親なのだから、あなたが大事に持っていなさい。今となっては父の人柄を具体的に振り返ることができるものは、この手紙しかない。

彼は読み終えると、畳んで、こちらに戻した。

「お父さんは宮沢賢治は好きだったの？」

開口一番、問いかけられて、私は首を横に振った。

「知らないです。母や祖母の話だと、大江《おおえ》健三郎《けんざぶろう》や中上健次《なかがみけんじ》が好きだったそうですけど」

「そうか。それであなたも、影響を受けたのかと思ったけど」

彼は腑《ふ》に落ちなかったように軽く首を傾げると、質問を変えた。

「原さんは、イオンの旅ってなんのことだと思う？」

青空を映した西向きの窓は、午後早くから夕方にかけて、どんどん明るくなっていく。

「それも、分かりません。ただ、とにかく父は、イオンの旅を書く、遠い旅に向かう、と書き残して消えました。それがどういう意味だったのか、どんな話だったのか、ずっと考えているんです」

「そして、その話はおそらく完成しなかった」

なぜか一方的に結論付けられたことに驚いた。

「完成しなかったかどうかは、分からないですけど」

と控えめに言ってみたが

「だって世の中にそれらしきものは出てないんでしょう」

と返されたことで、かすかな反発心が湧いた。世に出たものだけがすべてと思うのは作家の傲慢ではないだろうか。

「……世の中に出ることと、完成させることはべつにイコールじゃないと思います。さらに言えば、完成させることがすべてじゃないと」

「なに言ってるんだ。小説は完成させることがすべてだよ」

怒っている様子はなかったが、鋭い口調ではあった。呼吸が止まり、反論ができなくなる。

「最後の一行を書き切るまでが、小説です。べつに見ず知らずのあなたのお父様を悪く言う気持ちは、俺には微塵《みじん》もありません。ただ家族を残して逃げるタイプの男に、それができたとは、あまり思えないという話です」

それは、あまりに正しくて、正しいからこそ厳しすぎて、甘やかしてくれない年の離れた立派な大人の男性というものを憎らしく思いながらも、自分の甘えを痛感させられた。

「すみません。私、なんだか幼いことを言ってしまって」

と言いかけて喉が詰まった。

吉沢さんは、そんなことないよ、とまた簡潔に否定した。

「娘だったら父親に幻想を持つのは当然。あなたは聡明でしっかりしたお嬢さんだよ。ただ願望と現実の区別はつけたほうがいい。学問でも小説でもなんでも、真実を探究したいと思うならね」

という言葉にも、やはり痛みを覚えたが、同時に、あたたかかった。私の未熟さを分かった上で、真摯に対話してくれていることが伝わったからだ。現実、と私は胸の内で唱えた。たしかに私には、曖昧《あいまい》さの中にほんとうを隠して区別を避けているところがあるかもしれない。

「ほんとう、のことは、時々、怖いんです」

と私は告白した。

吉沢さんは少しだけ同情するように、表情を和らげると

「何歳になっても、そんなもんだよ」

といくぶん柔らかく言った。

「吉沢さんも、ですか？」

意外に感じて、つい訊き返してしまった。

「元妻に新しい男ができたかとか、娘に本当は離婚のことをどう思ってるか、なんて訊けないしな」

彼はこめかみを掻いた。

「もしかして、まだ元奥さんを愛してるんですか？」

「愛とかね、そういうんじゃないんだよな。長い付き合いになるほど、感情も呼び名がなくなるんですよ。ましてや子供もいたりするとね。原さんも歳取れば分かるかな。そういえば彼氏はいるんだっけ」

はい、と私は答えた。いる、という言葉に亜紀君の笑った顔が重なる。

「答えたときの顔で分かるね。いい男、なのかが」

吉沢さんは父親の顔を覗かせて笑顔でからかった。

会話が一区切りつくと、しばらく黙ってコーヒーを飲んだ。吉沢さんは片手間にネットをやっていた。ふと奇妙なことに気付く。

亜紀君との間に感じる苦しさを、年上で厳しいことも平気で言う吉沢さんには感じないことに。

インターホンが鳴った。吉沢さんが応答すると、若い感じの女性の声がした。二人分の足音がやってきたので、私は慌てて姿勢を正した。

入ってきた白いワンピース姿の女性が

「どうも失礼します」

と言いながらマスクを外した。さして化粧っ気もないのに、すごく透明感のある綺麗な子だったことに内心動揺した。

私が挨拶をすると、彼女も笑顔でお辞儀をした。長い黒髪が肩の上を滑った。切りっぱなしという感じのカットなのに、艶《つや》やかで、よく似合っていた。

「吉沢さん、本当にすみません。ご連絡が遅くなってしまって」

彼女が吉沢さんに向き直って言った。

「君さあ、遅れるって連絡してきたときに、すでに約束の時間過ぎてるってどういうこと？　俺はいいけど、間に合うの」

「大丈夫です！　まだ少しだけ余裕があるスケジュールをお伝えしていたので」

「え、そうなの⁉　しかも、それ、今種明かしする？」

呆れたように突っ込む吉沢さんは、私に親切にしてくれているときとなにも変わらなかった。当たり前なのに、自分が特別ではないことを悟る。

失言を重ねた彼女は無邪気に微笑《ほほえ》んでいて、不思議と失礼な感じはしなかった。むしろ私まで気安く話しかけたくなるような近しさを覚えた。合わせて笑いながら息を吸うと、胃が固くなっていることに気付く。浮ついた印象にならないようにと選んでいた、長袖のシャツに黒のデニムという格好が自分の頑なさを象徴しているようだった。

二人の会話を聞きながら、私は背を向けて作業に戻った。


黄色い暖簾《のれん》の揺れる焼きとん屋は、予想外に盛況だった。

軒先のテーブル席はお客さんで埋まっていた。混雑ぶりに若干怯んでいたら、比較的空いている店内のカウンター席から振り返った篠田君が
「原さん、こっち」

と手を振った。

店内は大きな換気扇が回っていて、意外に風の通りがあった。篠田君は白いシャツを着て、小綺麗なコットンパンツを穿いていた。髪もきちんとセットしていたので

「篠田君、自宅から来たの？」

私は軽く隙間を空けて、となりの椅子に座りながら訊いた。

「いや、ここに来る前は出版社の先輩と軽く会ってた。原さんは？」

「私はバイトだったんだけど、暑いからいったん帰って着替えた」

篠田君はこちらを見ると、ふうん、とだけ頷いた。

自分で作った拳二つ分の距離に、亜紀君との近さを思い出す。彼といるときには、いつも気付いたら体のどこか一部分が触れている。

メニューを見て、生ビールと豚バラ串とガツのキムチ和えを頼んだ。即物的で暴力的に美味しいものが食べたい気分だった。

篠田君と乾杯して、空きっ腹にビールを飲んだ。スカートから両膝が出ていてすうすうする。

「このへん、にぎやかだな」

「うん。この前、家飲みしたときに、私がこの居酒屋の話をしたら、篠田君が行きたいって言っていたのを思い出して」

「ああ、俺、言ったね」

「それで、誘ったの。私も居酒屋の気分だったんだけど、一人だと入りづらいし。吉沢さんのバイトを紹介してもらったお礼もしたかったから」

「あ、それじゃあ最初のビール一杯だけ原さんに奢《おご》ってもらおうかな」

篠田君の返しにはそつがなくて、そのバランス感覚を今夜はまるで救いのように感じた。恋人でもなければ仕事の相手でもない異性と喋りたかったのだと気付く。

料理が来ると、篠田君は当たり前のように割り箸を取り、はい、と私に一膳差し出した。

「原さん、こんな店なのにこの豚バラ串、意外と美味いよ」

気遣いが上手なわりには素直に口が悪いのも、篠田君のいいところだと思った。

こんな二〇二〇年じゃなければ、と私はビールジョッキ片手に思った。きっと大学院のみんなで当たり前のように飲みに行ったりして、篠田君とサシでじっくり飲むことはなかっただろう。

篠田君の安定した距離感とフラットさが、以前は同期生としては少しとっつきにくいと思っていたけど、今はむしろ安心できると実感した。

「篠田君っていつも冷静だよね。自分が見えなくなったり、他人に影響されすぎたりすることって、なさそう」

少しは否定するかと思ったけれど

「ああ。たしかに、ないな」

と言われたので、感心しつつも若干鼻白んだ。

「他人の言葉で落ち込んだりしないの？」

「うん、しない。そういうときは、俺じゃなくて、世界が悪いと思うから」

「世界⁉」

「うん。相手が誤解したり、感情的になったりするのは、本人の問題であって、俺の問題ではないでしょう」

「そういう人が小説を書きたかったって、なんか、不思議。もっと思い悩んだり、人生に疑問を抱く人が書くっていうイメージがあるから」

「うーん。だからストーリーは思いつくんだけど、たしかに葛藤《かっとう》とかはなかったかもね、俺。いっそ漫画の編集部でアイデア出すとかが向いているのかもな」

彼が気持ちのこもっていない口調で冗談を言ったので、その話題はやっぱりあまり触れてほしくないのかな、と察した。

「原さん、なにか悩んでるの。もしかして、この前の結婚話のこと？」

「うん」

私が答えると、篠田君は軽く顎を持ち上げて宙を仰いだ。

「原さんの彼って、本当は自信がないのかな」

私は驚いて

「自信？」

と訊き返した。

「うん。だから勇み足で思い切ったことを言って、相手の反応をうかがうのって、自信がないときの男がやりがちなやつだよ」

「それは私に好かれている自信がないってこと？」

「もっと本質的なこともだけど、まあ、それもあるかもね。来年就職したら、原さんも環境が変わるだろうし。その前に関係性を固定しておきたいっていう気持ちは、俺も分からなくはないかも。うーん」

彼は同意しつつも、べつの言葉を探すように首を捻った。

「とはいえ、原さんに好かれないと持てない自信なんて、あってないようなものだし。だから、それはやっぱり彼自身の問題なんじゃないかな」

私が黙ってしまうと、篠田君はしらっとした顔で
「他人と自分の問題を混同して責任とか感じないほうがいいよ」

と付け加えた。

「そもそもむこうの親と会ったことってないの？　べつに結婚とか関係なくてもさ。彼の実家って地方なんだっけ。長男？」

「ううん、たしか三男。和光市だから、微妙に近いけど遠いっていうか。むこうはちょくちょく帰るみたいだけど」

「原さんは一緒に行きたいって言ったことないの？」

私は気付いた。

「あ、ない」

「一度も？」

「うん。ない」

「家族の話を聞いたりはするの？」

軽く目を瞑ってから、思い至る。

「私からは、ないね」

篠田君はしばらく黙ってガツのキムチ和えを咀嚼していたが、いったん飲み込むと

「それは、彼氏にしてみたら、興味持たれてないって思うかもね」

と呟いた。

言い訳のように、そんなわけじゃないけど、と反論する。私には、家族、という存在自体が希薄なのだ。私自身が気軽に語れる家族のエピソードというものを持たないこともあって、他人に対しても。

「俺、じつは原さんって変わってるな、と思ったことがあるんだ」

などと篠田君が言い出したので、きょとんとする。

「変わってる？　自分のこと、そんなふうに思ったことないけど」

「覚えてるかな。三年のときに、遠藤《えんどう》さんのお父さんがたしか癌で亡くなって」

「ああ。ゼミのみんなでお通夜に行ったよね」

「そう。あの二日前にさ、授業が終わったとき、遠藤さんが慌てたように電話に出て。それで泣きながら、お父さんが死んだって話してくれたときに、原さんが真顔で一言、へえって言ったんだよ」

覚えていなかった。ショックだった。

覚えていないことにも、そんな反応をしたことにも。

「聞き逃しそうなくらいの小声だったし、まわりは遠藤さんを心配してたから、気付いてなかったけど。俺、そのあまりの感情のなさにちょっとびっくりして、それから変な意味じゃなくて、原さんに興味持ったのかもしれない」

私はしばらく考えてから、訊いた。

「ねえ、私と売野さんって、どっちが唐突なことを言い出すイメージがある？」

すると彼は即答した。

「え？　それはもちろん、原さんだよ」

「もちろん⁉」

「うん。売野さんはむしろ会話の流れや空気を気にする人だって俺は思うけど」

私は軽く目を瞑った。

「そっか。だから、なんとなく、売野さんのことが最初はあんまり得意じゃなかったのかもしれない」

「え、そうなの」

彼は驚いたように返した。

「嫌いとかじゃなくて。なんだろう、誰にでも親しみやすい雰囲気とか、あっけらかんとしているようでいて気配りできる感じとか、うん……ないものねだりの嫉妬だったのかもしれない」

「でも売野さんはむしろ、原さんみたいな子がいいって思っている気がするけどな」

「そうかな」

私は半信半疑で訊き返した。

「仲良くなる相手ってそういうものじゃない？　お互いに憧れるところや持ってないものがあって、嫉妬よりは好意のほうが上回るかなっていうくらいのバランスが、いい友達なんじゃないかな」

彼はそこでスマートフォンを取り出すと

「噂をすればの売野さんだ。え、マジで」

とひとりごとを言った。私は首を傾げた。

彼はスマートフォンをしまうと、苦笑して

「営業かけられた」

と言った。

すると私のスマートフォンもふるえた。なんだろう、と思って取り出したら、やっぱり売野さんだった。

文面を読んであっけにとられた私は、篠田君に
「やっぱり売野さんもわりに唐突な子じゃない?」

と反論した。彼は珍しく負けを認めるように
「そうだね」

と同意した。


スナック『レインボー』の前で、私はしばし逡巡《しゅんじゅん》した。

狭い通りを過ぎていくスーツ姿の中年男性二人が、ちらっと私を見たかと思うと
「もしかして、お店の子?」

と声をかけてきた。私はびっくりして首を横に振った。

二人はマスク越しに大声で、なあんだ、一緒に飲めると思ったのになあ、と笑って去っていった。

「俺はお金がもったいないから遠慮する」とあっさり断って帰った篠田君を少し恨《うら》めし

く思いつつ、私は扉に向き直った。

思いきって扉を押すと、隙間から虹色の光が漏れた。

足を踏み入れた店内は薄暗くて照明ばかりが強かった。それだけで現実感がなくなっていくよう。

売野さんが色っぽい服装で待っていたらどうしよう、と内心どきどきしていたけれど、カウンターの中に立つ彼女はカジュアルな花柄のシャツを着て、くるくるとグラスの中のマドラーを回していた。

こちらに気付いた彼女は、原さんっ、といくぶんか高くした声で笑いかけてきた。

「ほんまに来てくれたんや。スナックは、初めて？」

「もちろん」

私は頷いて、カウンターの前に立った。席に着くように促されて、腰掛けると同時に氷のように冷えたおしぼりを差し出される。

首筋に当てると、気持ち良くて全身の力が抜けていくようだった。

奥の四人掛けの席から立ち上がった年上の女性がこちらに駆けてきた。

「売野ちゃんの友達⁉ じゃあ、頭いいんだあ。よく清楚系って言われない？ いいなー。よろしくね」

清々しいほどのお世辞を繰り出したママに、私もつい、はは、と笑い返した。艶やかな黒髪ワンレンの似合う色白のママは名刺を差し出すと、素早く踵《きびす》を返して、奥の四人掛けのテーブル席へと戻っていった。

ジャケット姿の中年男性たちがなにやら話し込んでいて、テーブルの上のウィスキーボトルやシャンパンから、いわゆる上客だということが分かった。

「原さん、ビールでいい？」

マイペースな売野さんだけがあちら側と私の仲介人だった。うん、とほっとして答える。

「売野さん、いつからここでバイトしてるの？」

と私はなんとなく声を潜めて尋ねた。

「私は先月から。飲食店は大阪でもバイトしたことあるんやけどね。コロナでお店の女の子が田舎帰っちゃったらしくて、急遽募集していたのを見て、一度くらい夜の仕事も面白いかなって。営業時間も短縮してるから、そんなに負担もないしね」

「そうなんだ、すごい」

「ううん、でも意外とスナックって実家みたいなところあるよ。年上のママがいて、妹とか従姉妹みたいな年齢の女の子たちがいて、一緒に歌ったり騒いだり。キャバクラとかガールズバーの雰囲気とはたぶんまた違うと思う。私が働けるくらいやし」

彼女からグラスを受け取り、瓶ビールを注いでもらった。

「それにしても、こんなときなのにお客さん来てるね」

売野さんは黙ったまま首を小さく振った。

「全然。今日はたまたま。だから私もママに営業してって頼まれたし。女の子のお客さんは席代タダやけど、その代わり、女の子のお客さんがいると男性のお客さんが喜ぶから。良かったら、フェイスシールドもあるから、一曲くらいカラオケ歌っていく？」

「や、歌はさすがに」

私は圧倒されつつも、店内を観察した。たしかにお客さんとママとの間にはさほどいやらしい雰囲気もなく、古めかしい内装や気楽な騒々しさから、親戚の家に来た感じがした。とはいえ春先から夜の街で遊ぶことなんてほぼ皆無だったので、あっという間に酔いがまわる。

お金がもったいないのですぐに帰ろうとしたら、奥のテーブル席から

「なに、あそこって二人とも大学生なの？　じゃあ俺が今夜は奢っちゃうよ」

という声がした。

ママが嬉しそうに、じゃあまたシャンパン開けちゃおうよ、と提案した。私は慌てて、サワーとかでけっこうです、と答えた。

とはいえサワーはメニューにないようで、売野さんが

「ウィスキーのソーダ割り。濃かったら言うてね」

と作って、出してくれた。

その間も、売野ちゃーん、と呼ぶ声に、内緒話の邪魔せんといてー、と笑顔で答える姿はすでに板についていて、私はすっかり感心してしまった。

「売野さんは、すごいね」

彼女は噴き出すと

「原さんは、篠田君とどんな話してたの？」

と訊いた。

「途中から私の悩み相談になっちゃった」

「ほんまに？　私、篠田君とサシとか絶対に無理。なに話したらええのか、分からんもん」

「そうか、な」

思いがけない反応だったので、私はそう返した。

「うん、むりむり。でも、原さん、そんなに悩んでることがあるの？　もしかして、彼のこと？」

という聞き方は、むしろ篠田君と似ているようにも思った。

「うん。なんでだろうね。結婚って言われて嬉しい気持ちもあったのに、なにかが違うっていう気持ちが拭えなくて」

そう打ち明けると、売野さんは気を遣うように黙ってから

「正直なこと言うと、あのとき、原さんの彼の話を聞いてね」

と言った。

「うん」

「結論やなあって思った」

結論、と私は問いかけた。

「うん。一緒には暮らしたいけど結婚したくない人もおるし、結婚はしたいけど一緒に暮らしたくない人もおるし、その両方いらなくても愛はある人だって、きっと、おるやん？　そういうの話し合って少しずつすり合わせて、初めて理解し合えるものじゃない？　結婚しよう、だからそのために一緒に暮らそう、前から決めてました。そんなふうに言われたら、原さん、イエスかノーしかないやん。達成すべき目的定めてからそれに従って動くって、受験勉強や仕事だったら正しくても、二人で生きることとはちょっとちゃうかなあって私は感じた」

私は折れそうなくらい首を縦に振った。

「そうだ、亜紀君はちょっと強引なんだよ。一見正しくて、まっすぐで、だから、私はいつだって反論できないけど、でもその正しさは私にとっての正しさじゃないし」

「せやなあ。だから文学研究してるんやし」

「あ、でも、売野さんは責任持ちたいって気持ち自体は嬉しいって言ってたもんね。やっぱり、私がひねくれてるだけなのかなあ」

「それは、私が前に、結婚してる人を好きだったから」

え、と顔を上げると、ちょうどママがカウンターに戻ってきた。なになに恋バナなの、と耳ざとく聞きつけて、会話に混ざった。

売野さんはなんでもない顔をして

「原さん、彼氏に一緒に暮らそうって言われて、迷ってはるんですよ」

とだけ説明した。

「えー、なんで迷うのよ。分かった、セックスがイマイチなんでしょう。どんなに価値観や趣味が合ってても、男女は体の相性が悪いと結局、浮気するからねー」

「違うんです、セックスはいいんです」

私はウィスキーのソーダ割りのグラス片手に否定した。

「じゃあ、いいじゃないのよ。え？　単にのろけ？」

「この前もそうやったけど、原さんって酔うと発言が大胆やね」

二人にまじまじと見られて、羞恥心が数秒遅れで追いかけてきた。いったいどうして私は初めてのスナックで酔っぱらって、くだなんて巻いているのだろう。

フェイスシールドをつけたカラオケが始まったので、私は席を立って、帰ると告げた。

会計は本当に奥の席の男性が持ってくれるというので、恐縮して断ろうとしたけれど、ママは一足先にちゃっかり伝票に書き足していた。

売野さんは店の外まで出てきてくれた。花柄のシャツの下はスカートかな、と思っていたけど、いつものジーンズだった。

通り沿いには女の子のいるお店がほかにもあって、そちらの呼び込みの子たちは真っ白なミニスカートを穿いていた。普段着でスナックのカウンターに立てる売野さんは強い、と思った。それが羨ましくさえあったけど

「原さん、今日はほんまにありがとう。ほかのお客さんも喜んでたし。やっぱり素敵な子がいると違うなあって思った」

売野さんがそう言ったので、篠田君の言っていたのはこういうことなのかな、と振り返った。

「こっちこそありがとう。ごちそうさま」

私は答えて、それからこのことは

「お互いにSNSとかには書かないようにしないとね」

と言い合って笑ってから

「また今度ね」

と手を振った。夏休みが終わっても大学はおそらく開かないだろう。

このまま院を出たら、大学院の一番の思い出は夏休みのスナックになるのかもしれない。そんな想像をしたら久々におかしい気持ちになって、夜空を仰ぎながら駅までの道を千鳥足で歩いた。


私は、冷たい麦茶を飲む亜紀君をじっと見つめた。

それから、ふと思いついて、訊いた。

「亜紀君って、どうして亜紀っていう名前なの？」

彼は一呼吸置いてから、ん、と訊き返した。

「どうしたの？　急に俺のこと、興味持ってくれて」

そんなふうに感じるのか、と驚いた。篠田君の言葉が実感を持って思い起こされた。

「よくある話だよ。生まれるまで男か女かいまいち判別がつかなくて、おふくろがどっちでもいける名前を考えた中で、亜紀、の画数がベストだったんだって。だから男が生まれたって分かったときも、親父は多少反対したらしいけど、縁起がいいほうがいいだろうっておふくろが説得したらしいよ」

「そうだったんだ」

私は目を細めて言った。

「そう、なんだけどさ。実際は親父が男だったら武蔵にするって言って、それが嫌でおふくろは大げさに画数のことを言ったらしいよ」

という補足には思わず笑った。

「イメージ変わるね。ちょっと格闘家みたい」

「この背丈だったら、よけいにそうだよな。春は、お父さんが付けたんだよね」

私は、うん、と小さく頷いた。

「立春の日に生まれたから、春」

「なんか一周まわって、かっこいいね」

「そうかな」

亜紀君は、そう思うよ、と頷いた。この人はとてもまっすぐに相手のことを誉める。

それなのに
「自分に自信がないって思うときって、ある？」

そう尋ねたら、彼は意外そうに答えた。

「もちろん。恋愛だって就活だって、俺、そんなに順風満帆なほうじゃなかったしさ」

「え、そんなに？」

彼は、うん、と言いかけて、話題を止めると
「そうだ。春にちょっと聞きたいことがあったんだ」

と切り出した。私は首を傾げた。

「昔、大学時代に本当に一瞬だけ付き合って別れた子がいるんだけど」

彼の口から過去の恋愛話を聞くのは初めてだったので、思いがけず動揺した。

「え、うん」

「とはいっても、もともと色っぽい雰囲気では全然なかったんだけど。部活のマネージャーだったから、ほとんど男友達みたいな感じで、春と付き合う前はたまに飲んだりもしてたんだよ。その子が、この前、久々に連絡してきてさ」

そのとき、鼓膜の奥で、小さな金属音のようなものが聴こえた。最初は聞き間違いかと思った。

「それで、どうしたの？」

訊き返す間に、金属音はだんだん高く強くなって、頭痛がし始めた。

「業種が近いこともあって、相談と会社の愚痴を聞いてほしいって言われたんだ。俺、彼女ができたことを言ってなかったから。断ればいいんだけど、一見明るいわりに思い詰めるところがあるから、少し迷ってたんだよ。ああ……そういうところ、春にも少し近いかもしれないな」

ストレス性の耳鳴りだ、と気付いたときにはすでに吐きそうになりかけていた。

「春が嫌なら断るよ。どうすれば、いいかな？」

ガラスの割れる音が、肌に刺さったように響いた。

実際には壁に投げつけて割れたコップの破片は、こちらにまで跳ね返ってはいなかった。

そのコップが自分の手から離れたものだという実感が追い付かず、床の上で光る断片を見て、起きたことに数秒遅れで呆然《ぼうぜん》とした。

亜紀君が慎重に、押さえ込むように私の右手を握った。とっさに亜紀君が怪我をしていないか心配になって、その腕を見て確かめた。

「ごめん、怪我」

「大丈夫、だけど、春、もしかして……嫉妬したの？」

嫉妬、という言葉を耳にした瞬間、コップを投げたときの怒りがぶり返して脳髄《のうずい》が焼けるような感覚をおぼえた。私はまるで別人にでもなってしまったみたいに、ふるえながら吐き出すように言った。

「帰って」

「春」

「帰って！　今すぐに出て行って」

亜紀君は立ち上がると、分かった、と小さく言った。私はやっと、肩で息をした。

玄関のほうから、春、と呼ぶ声がした。

「俺にいてほしいとかあったら」

私は遮るように首を横に振った。

「分かった……明日でもあさってでも、落ち着いたら、連絡してほしい」

私は返事をしなかった。

ドアが閉まる音がすると、糸が切れたようにラグの上に倒れ込んだ。

死んだ生き物が土に還《かえ》るときはこんな心地だろうかと頭の隅で考えていたら、気が遠くなって意識を失った。


もう少しで最新作の登場人物名までピックアップし終わるというところで、高いところから鉄骨が転がり落ちるような音がした。

私は手を止めて、換気のために開けている巨大な窓を見た。ガラス越しに迫力のある暗雲が立ち込めている。室内に流れ込んでくる空気も急に冷たくなっていた。

吉沢さんも天候の変化に気付いたように立ち上がり、窓を閉めた。

音はやんだが、雲が光った。数秒遅れで先ほどよりも大きく雷が鳴った。私は一瞬本気で驚いて、肩を上下させてしまった。

吉沢さんが窓を見上げたまま言った。

「これ、雨が来るな。原さん、残り時間も時給に入れておくから、今日はもう帰ってもいいよ。降り出したら、かえって一時間くらい動けなくなるだろうし」

私はパソコン脇に置いたスマートフォンを見た。こういうとき普段の亜紀君だったら、仕事帰りに迎えに行こうか、と言い出していたかもしれない。あの喧嘩から一週間が経って、亜紀君からは二、三通、様子をうかがうＬＩＮＥが届いていた。だけど、その内容がどことなく本題を避けているようにも感じられて、私もきちんと返事ができていなかった。

「原さん、いいよ。本当に、遠慮しなくて」

と吉沢さんはまた言った。急激に途方に暮れていく。

幼い頃、豪雨に降られたときに雷が木に落ちるところを一度だけ見たことがあった。燃え上がった木と尋常じゃない量の煙に、まるで神様を怒らせたようだと思った。

雷が鳴ってます。だから、外に出られないんです。

そう訴えたなら、吉沢さんはおさまるまでここにいていいと言うかもしれない。でも分からない。仕事の邪魔だと言うかもしれないし、もしかしたら怒らせて怒鳴られるかもしれない。究極、人間なんて分からないのだから。私が亜紀君に突然、激怒したように。

亜紀君が雨のテラスで愛と言い出した日から、私の中でなにかが変わってしまった。そしてずっとどこか混乱し続けている。

「原さん？」

　私は我に返って慌てて席を立った。帰ります、と言おうとした。吉沢さんの眼鏡の奥の目が細く、鋭くなった。

「なんだか、様子が変だな。どうしたの？」

　あのとき亜紀君は、嫉妬したのか、と訊いた。私もそうかと思っていた。だけど彼の言う嫉妬と、私の嫉妬は本当は違うものだったのかもしれない。でも言えないのだ。今こうしている間も、吉沢さんになにも説明できないように。

　沈黙が怖くなって、目をそらしながら、帰ろう、と心に決めかけたとき
「言葉にしなさい」

　吉沢さんの思いがけない一言に、私はまた顔を向けた。

「言いたいことがあるなら、言ってみなさい。上手く言えないところは、こっちで書き足すから」

　最後の一言は、もしかしたら、冗談だったのかもしれない。分からない。それでも言葉は出た。

「雷が、鳴っているから、帰れないんです」

　吉沢さんの沈黙に導かれるようにして
「安全になるまで、ここに、いたいんです」

ここにいたい、と口にできたとき、びっくりするほどあっけなく泣いていた。

思い出す。小さい頃にも友達の家で、雷が怖いから帰れない、という一言がどうしても口に出せなかったこと。

もしかしたら私が嫉妬したのは、素直に弱いところを見せて頼り合える関係性に対してだったのかもしれない。

「もちろん」

という吉沢さんの台詞で、私はようやく息を吐いた。

「ソファーで横になるとかして、少し休んだら？　コーヒー淹れますよ」

今さら遠慮するのもかえってややこしい感じがして、言われるがままにソファーに移動して腰掛けたら、いっぺんに力が抜けてしまい、半ばやけくそみたいに横になった。

怖くて目をつむると、吉沢さんの足音が聞こえた。数秒遅れて体に、ふわ、と毛布のようなものが掛けられていた。

静かなキッチンで食器を出したり、湯を沸かす音だけがしていた。感情が涙となって出切ってしまうと、恥ずかしさと安堵が入り混じった、短い眠りに落ちていた。

雨音とコーヒーの香りで、意識が戻った。

おそるおそる薄目を開くと、吉沢さんがソファーの向かいに座っていた。私の視線に気付くと、窓を振り返って

「あなたは苦手かもしれないけど、雷、けっこう綺麗だよ」

と言った。

私は暗い空に落ちてくる鮮明な閃光を見た。まぶたが火照って重かった。

ほんとうですね、と小さく呟く。綺麗ですね。全身を緊張させながらも、そう思った。

そして知った。自分から望んだ形で、誰かに見守られて眠りたかったことを。なんの役にも立たない自分の形で。

雨がやんで帰るときに、私は玄関で頭を下げてお詫びを口にした。

「今日は本当に申し訳ありませんでした。良かったらべつの院生でバイトできる子を、私が責任持って探します」

そう言って、頭に浮かんだのは売野さんだった。彼女だったら吉沢さんと二人きりでも明るく上手にやれるだろうと考えて、ああ、たしかに篠田君の言ったとおりだと思った。自分にないものを持っているからこそ好きにもなるし、嫉妬もする。

だけど吉沢さんは、なに言ってるの、と軽く受け流した。

「うちの娘と元奥さんが調子悪いときの大騒ぎに比べたら、おとなしいもんだ。台風で気圧が下がるときには、人は不安定になったり気持ちが落ち込みやすいんだよ。帰ったら少し休んで、彼氏に甘いものでも買ってきてもらったら、元気になるよ」

そう教えられたので、この人はよく見ていたのだな、と思った。娘さんや元奥さんのことを。

　そう考えたら、やはり羨ましくなってしまって
「吉沢さんはすごく女性のことを理解されていて……いいな、と思います」

　どういう立場からの発言だか分からない言い方になってしまい、焦って訂正しかけたら、彼は笑った。

「どうしてだか、分かる？」

「えっと、作家だから、ですか。あとは愛情」

「若いときにね、散々、悪いことをして学んだからだよ」

　私があっけに取られていると、吉沢さんはたまに見せる優しい顔になって
「あなたの彼はどう？　悪いことする？」

　と訊いた。

「いえ、全然。まっすぐな人です」

「じゃあ俺よりも百倍まともな男だ」

　そこまで言われて、ようやく、少しは女性としても意識されたいと思っていた自分の本心に気付いた。

　異性としてだけ求められたら失望するのに、異性としての価値も見出してもらえないと不安になる。そういうものも、きっと分かっているのだ。私よりも長く生きてきて、

たくさんの経験をした目の前の男性は。

雨と風と雷に洗い流された夕暮れの空は、びっくりするほど星が綺麗だった。

銀河鉄道に乗ったジョバンニが、カムパネルラと乗客の女の子が話している様子に、強い嫉妬と孤独を覚える場面を思い出した。相手を恨みながら、そんな気持ちを抱えた自分を嫌悪して苦しいと悲しむ。嫉妬は、恋愛だけのものじゃないのだ。

それなら私は、嫉妬こそ大事に見つめてみるべきなのかもしれない。疎まずに。

マンションの敷地を歩きながら、暗がりでスマートフォンを出した。そして亜紀君にＬＩＮＥをした。会って話したい、と。返事はすぐに来た。

大丈夫ならすぐに行く。なにか買っていくものあるかな？

「なにもないよ」

私は言葉に出しながら打ち返した。

まわりに高い建物がなくて、さえぎるもののない夜空に月は光っていた。

仰ぎ見ていたら、失踪する直前の父と過ごした短い数日間の記憶が蘇った。今みたいな月夜だった。平原に張られたテントに飛び込んできた、女性の伸び切ったＴシャツの胸元から覗く、浮きすぎた鎖骨。母親くらいの世代の女性があのときに泣いて叫んだ言葉も。

「よばいをかけられたのよ！」

よばい、の意味は知らなくても、それが嫌悪すべき表現だということはなぜか、分かった。父の腕に食い込んだ彼女の伸びすぎた爪を、気持ち悪い、と思い、そんなことを思う自分に罪悪感を抱いたことも思い返していた。

私が帰って数分後に亜紀君もやって来た。

ドアを開けて目が合ったら、お互いに少し緊張していたけれど

「この前は、ごめんね」

私が謝ったら、彼はううんと返した。大きな手のひらで開けたドアを押さえたまま言った。

「俺が悪かった。春に決めてもらうようなことじゃなかった。俺が考えて断ればよかったんだ」

「でも暴力的な反応をしたのは私のほうだから」

「でも俺は春を試すために、決めさせるようなことばかり言っていたから」

そう言われたので、驚いて、訊き返す。

「試す?」

「うん。同棲に乗り気じゃなかったり、苦しいって言われたりして、最近ずっと春に好かれている実感が薄かった。この前も、春だったらあっさり受け流すんじゃないかと半

分くらい思ってたんだ。だから、ごめん」

「たしかに私は、答えばかり求められることには疲れてたかもしれない。でも、それは私が言葉にしないせいもあったと思う」

亜紀君は、そうか、と言った。

冷蔵庫に残っていた白菜と豚バラ肉でキムチ鍋にした。残っていたチーズもばさっとかけたら、亜紀君が、美味そう、と声をあげた。

冷房をかけたけど暑くて、二人で一本の缶ビールを分けて飲んだ。亜紀君が足を崩すと、ラグにコップの破片が残っていないか心配になった。一人のときには平気だったのに。

二人とは、こういうことなのだ、と実感した。

「そういえば、亜紀君」

私は辛《から》い豚肉に息をかけて冷ましながら、言った。

「ん？」

「仕事、大変なの？」

「ああ、たしかに忙しいけど、今やってる案件が一段落したら、余裕ができるから、そうしたらまた一緒に出かけよう」

私は笑って、いいね、と返した。

「来週は定時に帰れる日もあるから、夜にどこか行ってもいいな。ビアガーデンは、やってないかなあ」

「だったら行きたいところがある」

どこ、と訊かれたので、新しいところ、と答える。

「新しいってなにが？」

「最近新しく出来て、まだお互いに誰とも行ってないところ」

「なるほど。そういうことだったら、嬉しいな」

微笑む彼の表情はもう明るかった。

「亜紀君は、寛大だね」

私が思わず言うと、彼はちょっと考える顔をした。

「いや、寛大なわけじゃなくて。そうだ。春がリラックスしてるんだ。いつもよりも。だから俺も嬉しいんだ」

私は小さくまばたきして、豚肉を食べた。辛みと脂にチーズが溶けていた。

飲み込んでから

「亜紀君、私、ちょっと山梨に行ってみようと思う」

と伝えた。

「山梨？」

「うん。私、小さい頃、一週間くらい、父と村みたいなところで暮らしたことがあって」

「村？」

私は、うん、と頷いた。

「母が海外出張にいっている間、父と一カ月間近く二人暮らしだったときがあって、いきなり出かけるって言われて、山奥の村みたいなところに連れていかれたの」

「村って、どんな感じだろう……親戚が住んでたとか？」

彼はぴんとこなかったようで、訊き返した。

「なだらかな草原と、川と田畑があって、舗装されていない道沿いに一軒家がいくつか建っている感じだったかな。テントで寝泊まりしている人もいたと思う。私も交代で、室内とテントの両方で寝たから」

「なんだか不思議な状況だな」

「うん。私も大人になってから理解したんだけど、あれは宗教団体の人たちだった。夜中になると火を焚いて、踊ったり、一軒家の神棚にむかって全員で祈ったりしていた」

「踊り？　なんかそれだけ聞くと、卑弥呼とか、そういう日本古来の伝統儀式みたいなイメージだけど」

「世界最古の宗教のひとつとも言われているゾロアスター教は、布教の方法が舞踊《ぶよう》だったんだよ。歌や踊りと神様っていうのは、元々、密接なものなのかもね。それで神の声を伝えてくれるっていう代表みたいな男の人がいたから、あれは、やっぱり、新興宗教だったんだと思う」

亜紀君は、そうだったのか、と言った。

「そういう経緯もあったから、春は文学の中の宗教を研究テーマにしようとしたの？」

「たぶん。自分の中で解消できないことがあるから、学術的に理解することで、消化しようとしたのかも」

「解消できないこと？」

亜紀君の目に、ふいにいくぶん不安げな色が浮かんだ。

うん、と私は慎重に答えた。

「なにか嫌な目にあったりしたの？」

私は、なにもないよ、と答えた。

「髪を長く伸ばした男の人とか、変わった服装の女の人はいたりしたけど、でも、大半は危険な人たちではなかったと思う。どちらかといえば社会に適合できない人たちが自給自足しながら、神様からの聖なる捧げものだっていって、手作りの物を売ったりして生活している感じだった。それに」

そこで私は言葉を切った。

「ひどいことは、そのあとに、べつのところで起きたから」

「それで春のお父さんは？」

亜紀君はなぜかそこだけ結論を急ぐように訊いた。

「その村で過ごした後、わりとすぐに失踪して二度と戻ってこなかった。なぜかっていうとね」

鍋は煮詰まっていた。私は火を消し、机の上の手帳に手を伸ばした。父が残した手紙を亜紀君に見せた。

彼は最後まで読み終えると、すぐに気付いたような顔をした。

「春、この茉里って、たしか」

「そう。父が失踪した理由の一つは、実の妹を顔の形が変わるほど殴って警察沙汰になったから。その実の妹っていうのが、この前、ぬいぐるみを返せって言ってきた父方の茉里叔母さん。小学校から帰ってテーブルに残っていた手紙は一通だけだった。これを最初に見つけたのが私だったの」

4

大学の図書館に本を返しに行くついでに、生協に寄って、ガイドブックを買った。

駅前のカフェのアクリル板で仕切られた狭いテーブルの上で、マスクをしたままガイドブックを開いた。パソコンやスマートフォンでも検索できるが、自力で動き回るには、やっぱり紙の地図が一枚あったほうが分かりやすい。

もっとも子供時代の記憶なんてあてにならず、キャンプ場や川があった記憶などから、おそらくは小淵沢駅を南下したあたりではないかという見当だけつけた。

コップの中のオレンジジュースはあっという間に空になった。マスクをしていると、無意識のうちに口呼吸になってしまって、暑さよりも渇きで水分を取りすぎる。

店内が混んで騒々しくなってきたので、私はガイドブックを閉じた。

人通りの減った道を歩く。照り返すアスファルトの熱気も、すでに夏後半で和らいでいた。

吉沢さんから引っ越すことを告げられたのは、昨日のバイト上がりだった。

「そういえば俺、来年の春から葉山に引っ越すんだよね」

彼がバイト代を手渡すついでに言ったので、私は、そうなんですか、と訊き返した。

「え、じゃあ、こちらは」

「売る、売る。元々仕事場用のマンションだから、住むには、色々使い勝手が悪かったんだよ。窓だって大きすぎて、夏は暑いし、冬は寒いし」

お金がある人のフットワークは軽い、と思った。実感が湧かず、膨大な光の差し込む窓を、彼の肩越しに見た。

「次の新聞小説の舞台を海辺の町にしようと思ってさ。都内だと乗らなくなっちゃったけど、ひさしぶりに車の運転するのも楽しいかな、と思って」

その海辺の町や、本が整然と並んだ新居を、私は見られないということだけは分かった。

駅のホームへの階段を上がりながら、昨日吉沢さんに対して抱いた不可解な虚《むな》しさについて振り返った。

亜紀君の寮を訪ねたことがまだないので、ここ数年で唯一入った異性の部屋が吉沢さんの仕事場だった。数回のバイトで、あの空間は自分にも関係があるように錯覚してしまっていた。でも、あそこは吉沢さんのもので、私にはなんの関係もないのだ。私にあっさりと、引っ越すんだよね、なんて言うくらいだから。それも都内ではなく、葉山なんて離れたところに。

ああ嫌だ、と思った。出会って信頼して心を開けると思った途端に、吉沢さんも父のように去ってしまう。他人だし、父とは関係ないのに、それでも勝手に重なる。私は未だに人がいなくなってしまうときの感覚にびっくりするくらい弱い。

だからこそ、勇気を出して、別れの記憶をなぞり直してみようと思ったのだ。父と二人きりで数日間、過ごした村で。

電車の扉が開いたので、帰って論文でも書こうと思っていたら、亜紀君から電話があった。

スマートフォンを耳に当てる。汗で浮いた化粧が画面に張り付く感触に、一瞬、気を取られていたら

「春、これから会社の一個下の後輩とサシで飲むんだけど、一緒にどう？」

などと言われた。

「どうしたの？　急に」

「や、たまにはいいかな、と思って。本当だったら、桜の時期に社内の仲良いやつらとの花見に誘おうと思ってたんだけど。そうしたら、こんな世界になっちゃったから」

「そうだったの？」

うん、と亜紀君は言った。そうだったんだよ。

「分かった。行く。どこで飲むの？」

と私は尋ねた。ふと、今日もバイトのために地味な格好してきちゃったな、と思いながら。

「前に行った高円寺の居酒屋でもいいかな？　設楽《したら》も久々にああいう気楽な店に行きたいって言ってたから」

私は、分かった、と答えた。そして電話を切ってから、駅ビルの服屋とドラッグスト

アに寄るために、一度入った改札をまた出た。

楽しかったです、と告げてタクシーに乗り込んだ設楽君を見送ると、私と亜紀君は顔を見合わせた。二人とも気が緩んだのか、自然と声が大きくなった。

「あー、春、俺、今夜ずいぶん酔ったかも」

と亜紀君が言った。私も、と返す。

夜の高円寺は明るくて、にぎわっていた。隙だらけといえばそれまでだけど、非常時でも会いたい人がいて笑えるというのは、どうしても悪いことのようには思えないのだった。

「久々にワイン飲みたいな」

と亜紀君が言い出した。

「ワイン飲むんだっけ？」

「うん、前はちょっと勉強してたんだよ。仕事が忙しくなって、やめたけど」

オーセンティック、と、小汚い、の中間くらいのワインバーで、古めかしい油絵やオブジェを横目にワインを飲んだ。グラスの中のワインは樽のずいぶんといい香りがした。

「この赤ワイン、美味しい」

と呟くと、亜紀君が

「ああ、これ、プルミエ・クリュだから、ブルゴーニュのいいやつだよ。この価格で出してるなんて、珍しいな」

と教えてくれた。

私は思わず亜紀君の横顔を見た。

「ん？」

「亜紀君って会社でモテないの？」

亜紀君は苦笑して、モテないね、と即答した。

「どうして？」

「おい。どうしてなんて、俺が聞きたいよ」

珍しく男の人らしい言い方になったのが、新鮮だった。なんだかにやにやしてしまう。

「春、酔ってるな」

「うん。でも、本当に、そう思った。もっと華やかで素敵な女の子と付き合えそうなのに」

「よく言うよ。俺と二人きりで会うときよりも、気合いの入った格好してるのに」

亜紀君が私の二の腕を見ながら絡むように言ったので、どうやら彼も酔っているようだった。

「だって、当日に突然、誘うから。今年、夏服なんて一枚も買ってなかったし」

なんだか親に言い訳するようになってしまった。

似合ってるよ、と彼が真顔で誉めた。

「さっきの設楽も春のことを、いい感じの年下女子ですね、とか言うから、変な目で見るなよって釘を刺しておいたけど」

「ああ、彼とは会社の草野球チームで一緒だって言ってたよね」

設楽君は、少しシニカルなところが篠田君を思い出させた。もっとも喋り方はずっと砕けていた。

「うちの寮ですか？ やー、来ないほうがいいと思いますよ。それこそ男性社員の彼女さんなんて来たら、糞みたいな下ネタふられますから」

などと言い切る感じから、社内の日頃の雰囲気も想像できた。

そのときに亜紀君が
「うん。悪い人たちじゃないんだけど、本当に男だらけだと下世話な話にもなるから、春をそういうふうに言われたくないんだ」

と低い声で打ち明けた。

吉沢さんや篠田君と比べると、亜紀君はそこまで多弁ではない。私への問いかけは多いが、自分の感情については普段ほとんど語らない。

カウンターの上に、葡萄《ぶどう》や人参の形をしたガラスの置物が並んでいた。子供の頃にこ

ういう置物って妙に好きだったな、と思って、つい無断で触っていたら

「初めて会ったときから、俺は、春がいいと思ってたよ」

と亜紀君が呟いた。

一年前の夏休みに、区の中央図書館に行った午後のことだった。

図書館はグラウンド付きの公園に併設されていて、老人から子供までが出入りしていた。

私は本を借りてすぐに帰るはずだったが、手荷物が多すぎたので、芝生の広がるグラウンドの脇のベンチにいったん腰掛けた。

本をサブバッグに入れ直していると、小気味いい音が響いた。

仰ぎ見ると、大きな放物線を描いた球がこちらに向かってきた。一瞬、青い空に溺れたような気持ちになって見惚れた。

球が足元にすとんと落ちると、そこに駆けてきたのが亜紀君だった。

「すみません！　当たらなくて、良かった」

そう声をかけてきたときの、花丸をつけたくなるくらいの爽やかさを覚えている。びしっと伸びた背筋も。私は、大丈夫です、と答えて、ボールを手渡した。

私が軽く本を眺めている間に、ボールがふたたび飛んできた。彼は、すみません、と

半ば苦笑して、駆けてきた。私は笑って、また手渡した。遠目に小学生らしき二、三人の男の子が見えて、バットやグローブを手にしていた。もう少し年配の男性がキャッチボールの相手をしている。

なんだろう、と見物していたら、三度目にボールが飛んできたときに

「会社の先輩に、自分の息子とその友達に野球を教えてほしいって頼まれて、練習中なんです。全員初心者なんで、すみません」

彼は説明して頭を下げた。

私は、そうだったんですね、と頷いた。

彼が不思議そうに

「西日になってきたとはいえ、そんなところで本を読んでいて、暑くないですか？」

と訊いた。たまたま開いていた本が与謝野晶子だったこともあり

「でもこの本にも、夏木立　あをきが上に夕雲の　いくいろとなく下る遠かた、ってありますから。ちょうど外が綺麗な時間帯なんです」

そう答えたら、彼は興味をひかれたように私の手元を覗き込んだ。滝のように流れる汗が、私の手の甲に落ちた。彼が焦ったように謝った。自分の手の甲に汗が伝うことが、不思議と不快ではなかったのを今も覚えている。

亜紀君がワイングラスをそっと置いた。

「会ってすぐに短歌の話をする女性にも会ったことがなかったし、それに」

「それに？」

「なんだか、許されてるような気がしたんだ。春に」

「許される？」

思わず訊き返した。亜紀君がはっとしたように黙ってしまったので、私は

「そういえば、今週末に山梨に行ってくるね」

と自分の予定を伝えた。

「そうか。休日出勤が入ってなかったら、車、借りて出したんだけど。一人で大丈夫？ そもそもどのあたりに行くんだっけ」

「小淵沢とか、そのあたり。そこからだいぶ歩くと思うんだけど、具体的な場所まではちょっと。まあ、行ってみたら、思い出すかもしれないし」

亜紀君がなにか引っかかったような顔をした。

「それなら、お母さんに訊いてみればいいんじゃないの？ 二十年近く前のことだって、大人だったら覚えているだろうし」

にわかに、母に訊く、という言葉が強く迫ってきた。それは、そのまま吐き気になった。

「母は、無理だよ。もしかしたら未だに父のことを」

と言いかけて両手で口元を押さえる。亜紀君が、大丈夫か、と訊いたので、無言で相槌だけを打った。

マンションまで送ってもらって、一人になってから軽く吐いた。


朝一番の特急列車はがらがらだった。

私はリクライニングシートを気兼ねなく倒して、水筒を取り、麦茶を口に含んだ。列車の振動が若干大きく感じられた。スマートフォンを見ていたら軽く乗り物酔いしてしまい、手を下ろす。マスクをしているせいかな、と思って目を閉じる。

浅い眠りの底で、亜紀君が手を振っていた気がした。だけど私が右手を伸ばしたら、すっと消えた。

なぜかうっすら涙が滲んだ目を開けて、指の腹で拭うと、ちょうど次が小淵沢だった。

黒いリュックを肩に掛けて、立ち上がる。

駅前は閑散としていたが、青空と夏の緑が瑞々《みずみず》しかった。年配の男女が数人でバスに乗り込んでいくところだった。

私は地図で道を確認して、歩き出した。三時間くらい歩けば、目的地のキャンプ場まで着けるはずだった。

田畑に囲まれた下り道には誰もいなかった。日が高くなる時間帯ではあったが、秋の気配を告げるススキやコスモスがもう花を咲かせているのを見て、夏も終わっていくのだと悟った。亜紀君と出会った夏にくらべると、今年の夏はまるで数日間のことのようだ。

水分を取りながら無心で歩くうちに、亜紀君と付き合い始めて以来、一人で遠いところに来たのが初めてだと気付く。彼と出会ってからの日々が、どんどん思い起こされた。初めて会った日、私が本を閉じてベンチから立ち上がって帰ろうとしたら、彼が少女漫画みたいに走って追いかけてきたこと。会社の先輩に冷やかされながら、私の連絡先を聞いたこと。そんなふうに男性からまっすぐにアプローチされたのは初めてで、どきどきした。

四回目のデートで、亜紀君はわざわざ観覧車の見える横浜のホテルの部屋を予約してくれた。そのわりに緊張のせいかセックスは上手くいかず、彼がすごく深刻な様子になってしまったので、空気を和らげようとしてベッドの中で喋っているうちにまた楽しくなって、そのまま夜を明かしたこと。翌朝に赤レンガ倉庫の周辺を散歩しながら、こんな素敵な彼女ができて幸せだな、と彼がしみじみと言ってくれたこと。

亜紀君が話していたとき、笑ったとき、必死になったり、喜んだりしていたとき、私はいったいどんな顔をしていたのだろう、と思った。

三十分も歩くと、猛烈にだるくなってきた。周囲は民家と田畑ばかりで、川にもたどり着けていない。運動は苦手だが、ひたすら歩くとか走るといったことは得意で、意外と体力には自信があったのに。そこまで考えて、数カ月間の自粛生活で想像以上に体力が落ちていることを悟る。

道幅が狭くなって、鬱蒼《うっそう》とした山に入りかけていた。繁った木々に空は遮られて、地面が暗い。

引き返すか迷っていたら、遠くに川の流れる音がした。近道かもしれないと意を決して進むと、獣道になってきた。蛇やイノシシでも出ないかと心配になってくる。

山道の先にトラックが止まっていたので、普通に人が住んでいる、とほっとしかけたが、朽ちかけた古民家が建っているだけだった。曇った窓ガラス越しに軽く中を覗き込んでぎょっとする。なにか生き物がこちらを見ていた。

その黒目には光がなく、鹿や狸のはく製だった。家主が仕留めたのか、譲り受けたものか。どちらにしても気味が悪く、私は窓から離れた。

先の道はますます険しく細くなっていて、果たして抜けることができるのかも分からなかった。グーグルの地図を見ると一本道のようで、脇道は一切なく、どれくらい歩けば森を抜けられるのかは不明瞭だった。

物音がして、両肩が跳ね上がる。振り向くと、誰もいなかった。昼間なのに暗い古民家だけが、こちらを見張るようにして、そこにあった。

足が竦んでいるうちに、また、物音がした。誰か出てくるのだろうか、と身を竦める。家の扉が開いた。

古びたジャンパーを羽織った強面《こわもて》の中年男性が立っていた。私は軽く会釈した。男性はこちらを睨むように見据えていた。私は距離を取ったまま道を引き返そうとした。

男性がおもむろに手招きした。

え、と思わず訊き返すと、男性はかすかに招く手の動きを強くしながら、来い、という口の形を作った。

よく分からないけど、あちら側にいったら、いけない。そう判断したそばから暗いところに導かれたい、という相反する誘惑が私の両足を摑んだ。真っ暗な闇の中を誰彼かまわず覗き込んでいれば、その暗がりに消えた父のこともいつか理解できるかもしれない。そうしたら、そうしたら私は——

「願望と現実の区別はつけたほうがいい」

吉沢さんの言葉が聞こえて、私は我に返った。同時に、その男性が言った。

「あんた、一人？　この先はふらふら歩いてたら、危ないよ！」

はっきりとそう注意されたことで、私は急激に恥じ入って、すみません、と頭を下げた。

「散歩していたら、道に迷っちゃって。教えていただいて、ありがとうございます」

彼は、気をつけなさいよ、と念を押して、家の中へと戻っていった。

私は慎重に足早に歩いて道を引き返した。

明るいところに戻ってくると、畑で作業するおばあさんが遠目に見えて、ほっとした。安心したら空腹を覚えたが、あたりに飲食店らしきものは一軒も見当たらなかった。あきらめて駅まで戻ることにして、私は坂を上がり始めた。ヒマワリがその顔面に真っ黒な種をいっぱいに張り付けたまま枯れていた。

分かっていたのだ。あの村を見つけたところで、なんの意味もないこと。祖母が亡くなるときに、父に関しては散々手を尽くしたと聞いた。父が信仰していた宗教団体の情報は、ネットで検索すると二〇一〇年を最後に完全に途絶えていた。

なにより、私は本当は覚えているのだ。昔の場所に戻らなくても。

「よばいをかけられたのよ！　ほかの、信者の一人に」

父はそう訴えてきた女性を宥《なだ》め、ちょっと本部に報告してくる、と言ってテントを出ていった。そして話し合いのために明け方まで戻らなかった。

私は一睡もできずに一人テントで父を待つ間に、なにもかもが嫌になっていた。海外の母に連絡する手段もなく、もう自分は家に帰れないんじゃないかという妄想まで抱き始めていた。

だから小銭を手にして、近くの米屋の前の公衆電話に走り、叔母に電話した。父と血のつながっている叔母だったら、なんとかしてくれると思った。

その数時間後、叔母は黒い大きな車でやって来た。今から思えばセダンだろうか。そこから二人組の男が降りてきた。小さな村はざわつき、父はなんだか動転したように抗いかけた。が、私が不安げに立ち尽くしているのを見て、車に乗り込んだ。

後部座席で荷物を抱えた私は若干の違和感と焦りを覚えながらも、家に帰れることにほっとしていた。でも、家には帰れなかった。そのまま叔母の家に直行した。

ひんやりとしたリビングの、ベージュ色のダイニングテーブル。かぎ編みのピンク色のコースター。フリル付きのブラウスを着た叔母の、ほっとしたような笑み。大人たちは最初こそ冷たい麦茶を飲みながら、静かに話し合っていた。でもそのうちに、父の両側についていた二人の男が叱咤《しった》するような口調になって、私は怖くなった。

父はそれでも抵抗するように首を横に振った。叔母がすべてを分かったようにうっすらと微笑んで、頷いていた。

私は身を固くして、隅っこで童話を読むふりをしていた。そのときの童話が、村へ向かう途中に新宿の紀伊國屋書店で父が買ってくれた『銀河鉄道の夜』だったことだけを、どうして、今の今まで忘れていたのだろう。

昼が夕方になり、夕方が夜になっても、彼らの話し合いは続いた。父の呂律《ろれつ》が回らなくなってきた。見えないものが見えているような言葉をぶつぶつと吐き始めた。あきらかにおかしくなっていた。誰も空腹を訴えなかった。私はお腹が空いていたけれど、言い出してはいけない気がした。やがて父が耐えかねて喚き散らした。それでも叔母は笑みを浮かべて、言ったのだ。春から聞いたんだから。あの村で男と女がおかしなことになったんでしょう。

私は耳を疑った。そんなことを言った覚えはなかった。ただ私は居場所を伝えて助けを求めただけだ。それからようやく自分が助けを求める相手を間違えたことを悟った。父は好きだけど弱いからどこか信じられないと思っていた。真の嘘つきは叔母だったのに。

叔母は続けた。そんな神様をかばうんだ。お兄ちゃんはどうせいつも逃げるから。亮《りょう》子《こ》さんとの結婚生活だって、本当は息苦しくて飽きちゃったから、あんなところに見せかけだけで入信してさ。いつまでも書けない小説だって、本当はもう、とっくに、才能がなくて駄目だって分かってるんじゃないの——。

父が、もう最後だ、と言う声がした。僕が全てを捨てればいいんだな、と。ふるえている父を見ながら、これはひどいことだ、と私は思った。そして記憶は途切れ、次の記憶は病院に飛んでいて、腫れた顔でぎゃあぎゃあ泣きわめく叔母の姿になっている。

その後、父は失踪して、二度と戻ってはこなかった。

星が流れていた。いくつも。広大な銀河に。

館内に明かりが灯り、本日の上映は以上になります、というアナウンスが響いた。

私は椅子から立った。ただでさえ街に人がいないのに、月曜日の夕方前ということもあってまばらな観客が立ち去っていく。

プラネタリウムの出入り口を通過するとき、扉の脇に貼られた「夏の大三角形」というタイトルをもう一度見た。

トイレの鏡の前で、手を洗いながら、つくづく顔を見た。祖母に似ている。父にも。そして、もう一人似ている顔。

マンションに帰って郵便受けを開けると、叔母からのハガキがまた届いていた。詐欺メールのような文面を一瞥《いちべつ》する。

部屋に入り、いつもの引き出しに叔母のハガキをしまう。それからスマートフォンで母に電話をかけた。出なかったので、切った。

インターホンが鳴り、亜紀君が来た。

「土日の両方出勤で死ぬかと思ったよ。春、元気にしてた？」

私は、うん、と頷いた。亜紀君はコンビニで二人分のお弁当を買っていた。

「今日はどうしてたの？」

「午前中は論文を書いて、午後はプラネタリウムに行ってきた。ヒントになるかと思っ

「そう、また変なハガキが届いて。ああ、そうですか。英雄《ひでお》さんの知り合いの弁護士。

相槌を打つ私を、亜紀君が怪訝《けげん》な面持ちで見つめた。

「はい。はい、おつかれさまです。うん、大丈夫です」

て、スマートフォンを耳に当てた。

と言いかけたとき、母から折り返しの電話があった。私は亜紀君に片手のひらを向け
「それなんだけど」

と訊いた。

「山梨とお父さん、なにか分かったことはあったかな？」

などと彼はひとしきり喋ってから
はもう行ったのか」

「平日に代休を取るから、どこか行こう。山がいい？　それとも海？　ああ、でも、山
熱い緑茶を淹れて、向かい合うと
亜紀君が、せっかくなら俺も一緒に行きたかったな、と言った。

「ならなかった」

私は笑って答えた。

「なった？」

て」

それは、とても助かります。分かった。じゃあ、お願いします」

私が電話を切ると、亜紀君が、もしかして例のバイト先の作家さん？　と見当違いの質問をした。

「まさか。違うよ」

「じゃあ、誰？」

「実家の母」

今度ははっきりと亜紀君の表情が陰った。私は黙ったままコンビニ弁当の蓋を開けた。

ごはんを一口食べると、若干ぬるかった。

「もう少し温めたほうがいいかも」

「春。なんでお母さんと話すときに敬語なの？」

私は、ああ、と頷いた。

「父が失踪する直前、母が一カ月間近く仕事で不在にしていて、帰ってきたときには私は敬語で喋るようになってたんだって。最初は冗談かと思って無理に正さなかったら、そのまま身についてしまったって」

蓋を外したまま、電子レンジに入れた。安い電子レンジは常に壊れる直前のような音を立てる。

待っていると、亜紀君が耐えかねたように訊いた。

「春、どうして色々と大事なことを、俺にもっと話してくれないの？」

「大事なこと？」

訊き返しながら、次第に混乱していく自分を感じた。コップを投げた晩のように。

「そうだよ。実家との関係も不自然だし、そもそもお父さんの宗教のことだって」

「だから、私、訊いたじゃない。私のことを愛してるって、どういうことかって」

私は電子レンジの音に負けぬようにはっきりと告げた。

「それで、知ったら、亜紀君はどう思うの？　父も含めて、父方の血縁者には精神的に危うい人が多いことは？　あなただって、初めて会ったときに危うい雰囲気があると思ったって、言ったよね」

亜紀君が罪悪感を抱いたような顔をした。

「ごめん。それは、知らなかったから」

そうだ、彼はなにも知らない。だけど私はあの夜までそんな父を知っていた、つもりでいたのだ。

私もいつかあちら側に行ってしまうのではないだろうか。父の子だからこそ。

「だけど今は、分かったから。俺がしっかりしていれば、大丈夫だから」

と亜紀君が言い切った。

「……それなら、ハガキを送りつけてきた茉里さんはもっと大きな宗教に入っていて、彼らを連れて父を強引に改宗させようとしたことは？　それで母はあちら側と一切の縁を切ったけど、それは夫婦だからできることで、血がつながっていて、顔だって母よりも父や祖母や叔母にまで似ている私はいつまでも親族の一人で、あのとき、私と父は、まともな一人の人間として扱われなかった。自分よりもずっと間違っている人たちに。あなたは結婚とか愛とか口にするけれど、そうやって正しく見えることがじつはぜんぶ幻想だったりするって、本当は、分かってるんじゃないの？」

電子レンジの扉を開けて、自分の分のコンビニ弁当を取り出した。亜紀君は無言でぬるいままのお弁当を食べた。

亜紀君が右手にまとめたゴミ袋を持って、言った。

「今日は、帰るよ」

「うん」

「俺の頭の中がちゃんと整理できて、落ち着いたら、また」

「背負えないものを、無理に背負おうとしないほうがいいよ」

亜紀君がいきなり右手のゴミ袋と鞄を床に投げ出して、私を背後から強く抱きしめた。背中越しにじっと息を潜めた亜紀君の体温を感じていた。

水底に酸素を取り込むようにカーテンも窓も開けたまま、二人で床に座り込んだ。窓を開けた夏の夜空に、プラネタリウムみたいな星はなかった。神父がミサのときに信徒に与える、白いせんべいみたいな月だけが浮かんでいた。

亜紀君が突然吐露した。春、ごめん。

私は訊いた。どうして？　亜紀君が言った。俺、春は繊細で危ういところがあるから守ってあげたいと思っていた。でも本当は、俺は危ういものが怖いのかもしれない。

私は目を閉じた。

うん。私も、そうだったから。父のこと。

お父さんは可哀想。弱いだけで、可哀想だった。本当の神様ならきっと許してあげられたのに。ほんとうの、ほんとうの神さまなら。

そう唱えたとき、理屈でも観念でもなく、賢治の見ていた神さまを私も見た気がした。

それは救ってあげたい誰かが自らと溶け合い結びついてしまった結晶のようなものだったのかもしれないと想像しながら、私は亜紀君の腕の中で目を閉じた。

5

ほの暗い室内で二人そろって浅い眠りから覚めてしまい、互いに寝返りを打った。

目が合うと、枕から頭を浮かせた亜紀君は起き上がった。

彼が黒いTシャツを脱ぐと、腹部や腰回りを目にして、少し痩せたように感じた。それが自分の責任のように思えた。

カーテンの下から夜明けが差し込んだ。

青い光に包まれた亜紀君がはっとしたように、やはり青く染まり始めたはずの私の頬に手を添えて、声を漏らした。

「ああ。春だ」

初めて水に触れた子のような言い方だった。私は彼を見つめ返した。亜紀君はまじまじと私を見ながら繰り返した。春だ。春が、いた。全身で向かってくるようにして、倒れ込んできた。

しっかりとした筋肉にそぐわぬ肩の白さを、あと何回、目の当たりにできるのだろう。重たい体を抱きしめると、汗をかいて、もう熱くなっていた。

終わる頃には、夜が明けていた。ベッドのシーツも亜紀君の肌もどんどん明るくなっていく。そして私はまた二〇二〇年の自分に帰ってくる。

「春、腕枕していい？」

腕枕してあげるよ、でもなく、してほしい、でもないところが、なんだかとても彼の性格を象徴していた。

彼の腕と胸の境あたりに頭を預ける。最初は遠慮して力を抜かないようにしていたけど

「全然重たくないし平気だよ」

と言ってくれたので、首と肩を緩めてみた。

「春」

「うん」

「やっぱり、一緒に暮らせないかな」

でも、と言いかけた私の目を、彼が見た。

「結婚を前提にしないと無責任だと思ってた。でも単純に毎朝起きたときに、春がいたら、俺は幸せだと思ったよ」

昨晩のことを言いかけて、喉が締まった。変な調子になって咳き込んだ。

亜紀君が心配そうに
「ごめん。困ってる?」

と訊いたので、顔を上げて、そんなこと、と言おうとしたら舌がもつれた。

「そんにゃこと」

春は猫だったのか、と亜紀君が笑った。めったに冗談を言わない自分の間抜けな返事に苦笑した。彼と手をつないだ。幸せな気持ちになりかけて、でも答えは出せなかった。

亜紀君が出社すると、私は机に向かい、パソコンを起動させて副論文のテキストを開いた。

『銀河鉄道の夜』では、沈没事故で亡くなった姉弟が出てくる。彼らはジョバンニとカムパネルラよりも先にべつの停車駅で降りてしまう。車窓から大きな十字架が見える。彼らはカソリックの信徒なのだ。

賢治の妹トシの葬儀は浄土真宗の寺で執り行われたが、賢治はその遺骨の一部を小さな缶に入れて持ち出すと、父親の反対を無視して、自分が信仰していた国柱会本部に納めたという。異なる宗派に分骨するというのは、あまりに型破りというか、ともすれば罰当たりな行為のようにも思える。

だけど、それを知ってから『銀河鉄道の夜』を読み返すと、難解な後半部分の各場面が、感情に寄り添ってくる。同席した姉弟も、それどころかジョバンニとカムパネルラでさえも、ずっと一緒にいくことはできない。なぜなら信仰が違うからだ。

賢治の情熱は信仰心からもたらされている部分が大きいが、そんな自分と大事な人たち——父親や保阪嘉内《ほさかかない》やトシ——を分かつのもまた信仰心だった。そのアンビバレンツを賢治は理解していただろう。だからこそ「そんなんでなしにほんとうのたった一人の神さま」を求めたのか……？　けれど、そもそも仏教は本来、神の存在を認めていない。

釈迦が半ば神様の役割を負っているとはいえ、無自覚に混同したりはしないだろう。

そんな作者が作中で「神さま」という言葉を繰り返すとは、どういうことだろう。

かみさま、と私も呟いてみる。少し前、亜紀君にされた質問が頭をよぎった。春は前から宮沢賢治に興味を持っていたのかと。たしかに父との記憶が残っていたとして、どうして今だったのだろう。

私は副論文のテキストを閉じた。そして、小説のほうのファイルを開いた。

山梨の田園地帯を振り返りながら、幼い頃に父の車から降りたときのことを少しずつ言葉にする。逆光の中で仰ぎ見た父の顔を描写しようとして、完全に手が止まった。

父の顔など、おぼろげにも思い出せなかった。

最近、新しく届いたハガキはまだ机の上にあった。また叔母からで、ぬいぐるみはどうしたのか、と尋問するような文面だった。いっそ買って返してしまおうか、という考えが浮かんだ。そうしたらすっきりするし、彼女も気が済むだろう。そして私も実体のない神様に拘泥することなんてやめて、亜紀君と一緒に暮らせばいいのかもしれない。

それがハッピーエンドというものじゃないか。

そう考え始めたら視界が明るくなったように感じた。スマートフォンを手にして、曖昧な記憶の底のぬいぐるみに似た商品を検索していたら、売野さんからＬＩＮＥが届いたので、いったん中断した。

千駄ケ谷駅の改札口を出ると、蒸し暑さは凪いでいた。

真新しいまま封鎖された国立競技場は、緑ばかりが美しい繁殖を遂げていた。天空の城のように映った。

声をかけられて振り向くと、売野さんが立っていた。見覚えのある白いTシャツを着て、くるぶしまで隠れる長さのスカートを穿いていた。いつもくったりとしたトートバッグは今日は膨らんでいた。保冷バッグも一緒に手にしている。

なんでこんな展開になったのか、私もいまいち分かっていなかった。

「原さん、待った？」

と笑いかけられたので、ううん、とつられて笑い、首を横に振る。

歩き出しながら
「いつの間にか、千駄ケ谷にホテルなんて出来てたんだね」

「私も知らんかった、オリンピックのためやんな、きっと」

などと話した。東京の真ん中なのにひとけがなくて自然が濃かった。

立派なロビーに足を踏み入れると、売野さんがチェックインを済ませるのを、私はそわそわしつつ待った。

エレベーターに乗ると、売野さんが、十一階、というので、階数ボタンを押したけど点灯しなかった。

「あれ？」

「なんでやろ」

そんなことを言い合っていたら、同乗していた年配の女性に「カードキーをかざさないと、ボタン、押せないですよ」と教えられた。試しにやってみると11の数字が光った。恐縮して、ありがとうございます、とお礼を言うと、白いマスク越しに目だけで微笑まれた。

部屋は想像していたよりも素敵だった。ツインのベッドにガラス張りの浴室に、小さいけれどテラスまであって、暮れなずむ東京が一望できた。

私はスニーカーを脱いでスリッパに履き替えると、カバンを隅っこに置いて、壁際のベッドに腰掛けた。売野さんがすぐにお湯を沸かし始めた。会話が途切れたこともあり、なんだかちょっと緊張する。

「原さん、旅行ってあんまり行かない？」

彼女が当たり前のように訊きながら、カップを二個手にして振り返ったので、私はありがたく一個を受け取り、涼しい室内で熱いコーヒーを飲んだ。

「温泉旅館ならあるけど、こういうホテルに友達と泊まりに来たのは初めて」

「私も。ここ、けっこう広いよね」

売野さんはもう片方のベッドに腰掛けた。

「うん。こんな近所のホテルにわざわざ泊まりに来るって、贅沢だね」

「ママ、ミーハーやから。色々新しくなったのを見たかったんちゃうの」

「そっか。それなら残念だったね」

「ほんまやなあ。ヘルニアってどういう病気やったっけ」

「たしか腰だよ、腰」

つまりは、スナック『レインボー』のママが新しい国立競技場を一望できる新しいホテルに泊まりたくて、お供に売野さんを誘ったものの、当日に椎間板ヘルニアで起き上がれなくなったので
「悪いから、私の分は奢ってあげる。売野ちゃん、誰かと行ってきたら」

ということだったらしい。

私はくつろいで靴下も脱いでしまい、足首を回しながら
「売野さん、ママと仲良いんだね」

という感想を口にした。

「彼氏の愚痴言いたかったんちゃうかな。それより、これ、食べない？」

そう言って開いた保冷バッグの中身は、トップスの茶色いケーキの箱だった。チョコクリームケーキに気持ちが盛り上がって、お礼を言おうとしたら、売野さんがさらに違う紙袋を出した。私は噴き出した。

「ケンタッキーにチョコクリームケーキって、もう、好き放題って感じだね」

「カロリーとか気にせずに好きなもの食べるって、一度やってみたかったから」

彼女はフロントに電話して、お皿とフォークを貸してくれるように頼むと「タダでいけるものはなんでも借りたらええやんな」と笑った。

私たちはテラスの椅子に横並びに腰掛けた。夕日の沈む西新宿のビル群を堪能しながら、チキンとチョコのケーキを食べる。どちらも即物的に美味しくて脳が痺れた。湿った風が吹くと、髪が煽られて、ちょっと食べづらかった。色々ちぐはぐで、念入りに計画を立てて行動する亜紀君との外泊とはまるで違っていた。

室内に戻ると、今度は私が紅茶を淹れた。脂と砂糖と紅茶の味が溶け合う。

「美味しかった。あのケーキ、胡桃《くるみ》入りなのがいいね」

お茶を飲み終えた私はベッドに寝転がって、ふくらんだ胃のあたりを撫でた。売野さんもつられたように横になりながら、すごい分かる、と相槌を打った。

こちらに背を向けた売野さんのうなじが見えた。白いうなじは肉付きが良くて、触れたら、きっと柔らかいだろう。なで肩だということにも気付く。だから、だぼっとしたTシャツが似合うのだ。全体的にゆるやかな曲線を描いていて、どこにも角がない体をしみじみと見つめてから、天井を見上げる。

ふいに、楽だな、と考えた。ケーキの詰まったみぞおちも、つま先も、枕に広がった髪の毛の隅々までも解放されているようだった。

「なんか、全部やってもらっちゃって、申し訳ないけど、幸せ」

私が思わず言うと、売野さんがからかうように返した。

「原さんは甘え上手やね。だから彼氏とも仲良いんかな」

「え？　甘えたこと、ほとんどないよ」

「ほんまに？」

うん、と小さく頷く。

亜紀君が本当は私と心の距離を置いていたと知ったとき、不思議と納得していた。手の爪を見ると、ささくれができていたので、ぴっと取ってしまう。

「私ね、父親が子供の頃に失踪したり、叔母が宗教に入れ込んだりして、少し面倒な家庭環境だったんだ。だから甘えるっていうのが、感覚としてよく分からないのかもしれない」

どうして売野さん相手だと相談したくなるのだろう。そんなふうに思いながら、打ち明けていた。

「そうなんや。知らんかった」

「うん。だけど、彼に結婚はひとまず置いていいから一緒に暮らそうって言われて、もう過去になんてこだわる必要ないのかなって少し考え直した」

ここが出口かもしれない、と思った。別世界に迷い込んだような十数年前の夏と、二〇二〇年の夏休みの。

だけど売野さんが
「原さんが生い立ちについて悩んでることと、彼と暮らすことと、なんの関係があるの？」

と言ったことで、急に拒絶されたように感じて、頭の芯が冷たくなった。

彼女は両手を天井にむけて上げると、体操のような動きをしながら
「こだわる必要、まだあるんじゃない？」

と重ねて訊いた。私は口を開いた。

「思ったけど、売野さん、私の彼を少し嫌ってない？　懐疑的なところ、あるよね」

「そういうわけじゃないけど、私はただ女の子って、恋愛でなんでもすべて解決できると思いすぎちゃうかなあって。恋愛してると見えなくなることって、むしろ、たくさんあるし。私は同性だから、また違った距離感で原さんのことを見てて、なんかちょっと、恋愛に逃げてるようにも思えたから」

「逃げるって、二人で責任持って一緒に暮らすことが逃げなの？　恋人だから理解できることだってあるし、それなら同性の売野さんの主観のほうが常に正しいってことを言いたいの？」

そうは言ってないし、と売野さんは珍しくちょっとむっとしたように反論した。

「せやったら、原さん、自分がたまにすごく極端に服装変えてることには気付いてる？」

ほどけていた体が一瞬で硬くなっていた。

「え、服装がなに？」

私の戸惑いを感じ取ったように、売野さんは申し訳なさそうな言い方になった。

「あのね、原さん。この前、篠田君と二人飲みした後にうちのお店来てくれたよね。すごく嬉しかったけど、ああいう格好で男の子と会ってたら、彼が心配するとも思ったよ」

「ああいう格好」

私は馬鹿みたいに繰り返した。

「うん。じつは、あの後、奢ってくれたお客さんが原さんのことを、てっきり新人の女の子が入ったと思ったって言うから、全然夜の仕事じゃない普通の友達ですよって答えたら、服装が素人の子が初出勤で着ているような感じだったって言われたから。なんやろ……部屋とかはすごく落ち着いてたし、元々そういう感じちゃうのに、たまに無理にそうしているみたいっていうか」

そこまで説明されて、だからお店に入るときに男性二人組が声をかけてきたのか、と理解した。この前、亜紀君の職場の後輩と会うときにも、私はいつもより肌が出る服を選んでいた。でも、それは

「無意識だった。ただ男の子と会うときにはそういうほうがいいと思ってただけで」

「どうして？　彼の趣味やったらまだ分かるけど、篠田君とは付き合ってるわけでもないのに？」

私は考えてから、はっとして、言った。

「あの日、昼間のバイト先で、私が一方的に慕ってた男の人が綺麗な子と親しげにしてて……自分がその場にいる価値がないように感じたから、かもしれない」

思えば亜紀君の後輩と三人で会ったときにも、私は亜紀君の真意を図りかねていて、少し心細かったのかもしれない。

「その結論出した後なら、私がさっき、恋愛に逃げてるように見えるって言ったことの意味、伝わる？」

私はしぶしぶ頷いた。

「でも私のそういう軸のなさも、彼と安定した生活をすることで変わっていくかも」

「私はそうは思わない」

売野さんが遮るように、きっぱりと否定した。

「私には、正直その彼も問題をさけてるように見える。いま彼がやるべきことは、言い方だけ変えて一緒にいようとすることとちゃうよ。原さん自身がどうしたいか、答えを出すまで、じりじりするかもせえへんけど、待つこと。そうしないと原さんは結局、彼の言葉に引っ張られる。そして、甘えられるわけでもないのに透けてる服とか買うてくる。や、好きなら、ええけど。透けてる服」

「ううん。べつに好きでも、嫌いでもない。たしかに。こういうのが好きそうだな、と思ったから、選んでるんだ。本当に」

私が反論を手放してしまったからだろうか。売野さんもいつもの穏やかな調子に戻った。

「私は、セクシーな女の子も、甘え上手な子も、ええな、可愛いなって思うよ。でも原さんは、元々そういうキャラでもないのに無理してるっていうか、苦しそうに見えるときがあるから。べつに女の子として全部の相手に百点取ろうとしなくたって、原さんは他のことで十分、頑張ってるんやし」

「頑張ってないよ。足りないくらいだよ」

私は即座に否定した。売野さんが驚いたように
「なんで？」

と訊き返した。

「生きて、普通にバイトして生活して勉強してるだけだから。もっと自立しないと」

「それ、自立って言わなくて、頑張ってないことになるの？　じゃあ原さんはどういう人が頑張ってるように思うの」

私はしばらく考えてから、呟いた。

「みんなは頑張ってるように見えるよ。そもそも頑張ってるからどうとか、気にしたことないし」

売野さんだって、篠田君だって、吉沢さんだって、それぞれに優しくて素敵なところがあるから、また会いたいと思う。もちろん皆、真面目に努力している人たちだ。でも、頑張りだけでは作れない部分もまた魅力的だから、惹かれるのだ。自分にはそんな魅力はないのに、なぜか彼らは親切にしてくれて、だから少しでも女の子としての付加価値を付けないと、と思うけれど、同性の売野さんにはそれができない。だから彼女には近付けなかったのかもしれない。

室内がゆっくりと青く仄暗くなっていく。売野さんが小声で言った。

「原さんは、原さんに、冷たい。時々、びっくりするほど、冷淡」

室内の暗さとは対照的に、カーテン越しの夜景はどんどん鮮明になっていく。冷淡、という口語らしからぬ表現に本好きの子らしさが滲んでいて、また親しみが濃くなっていく。

「そうかもしれない。自分が嫌いだから。でも恋愛なら、好きだって保証してくれる人がいるから。少し世界が違って見えて、それっていいことだと思ってた」

それは、と返してきた売野さんの声は今日一番慎重な響きを含んでいた。

「嫌いな自分にフタして、好きな相手の言葉や価値観だけで自分の中をいっぱいにしたら、そのときは甘い気持ちでいられるかもしれないけど、相手のほうは逆にどんどん原さんが見えなくなるよ。原さん自身だって」

明かりを点けるか迷いながら、今日も夜がやって来た、と考えていたら、なぜか短い時間、泣いていた。

しばらくして、売野さんが

「原さん、大丈夫？」

と訊いた。私は慌ててあくびで誤魔化した。

「うん。言われたこと、考えてた」

「ごめんな。お節介やったね。相談されると、すぐに世話焼きすぎちゃう」

また泣きそうになり、ううん、と首を横に振る。

恋愛相手なら、肉体的に重なることですべて受け入れられたように錯覚して、簡単に混ざり合えてしまう。でも、こうやってなにも求める必要がない間柄で向き合ったら、自分自身の輪郭がはっきりとしてしまうのだ。売野さんは正しい。

そんなとき嫌いな自分を見せないために、私は核心に触れようとする相手を片っ端から心の外へ追い出そうとする。

今もっと素直に泣くことができたら変われるのかもしれない。でも、それは心許なくて、もっと言えば、どうしてだか分からないけれど、とても気持ちの悪いことだとさえ思ってしまう。

胃が落ち着いてきたので、気分転換も兼ねて私が大浴場に行くと言ったら、売野さんは当たり前のように

「あ、一緒に行く」

そう言い出して起き上がり、館内専用のパジャマに着替えた。腰のところでゴムを折り返して

「ほんまに私、足、短いなあ。原さんは背も高いし、すらっとしてていいね」

とぼやいた。

脱衣所で服を脱ぎ、大浴場へと足を踏み入れる。白い湯気が立ち込めていて、売野さんの姿が視界を横切る。たしかに足は長くないかもしれないけど想像よりもウエストが細くて、私より胸もあるし、いい意味で生っぽくてどきどきした。前に、臍が嫌い、と言っていたので、お腹は見ないようにした。

売野さんはお湯に浸かると、私をちらっと見た。私はかえって目をそらしてしまった。

「ほんと、女子同士だと気楽でええよね」

と言われたので

「私、同性の友達とお風呂、初めて」

と返すと、びっくりされた。

売野さんは、暑くなると、湯船から出たりまた入ったり、裸のままうろうろしていた。その小柄な肉体の抗いようのない存在感に私は終始圧倒されていた。売野さんもまた誰かにとって特別なのだという実感がこみ上げたら、べつに優れても秀でてもいない私だけを特別だと思う亜紀君の想いも初めて正しく理解したように思えた。

お風呂で暑くなると、喉が渇いた。二人で外のコンビニまで行ってお酒やカップ麺やスナック菓子を買い込み、ケーキとチキンのお礼に私が支払った。お互いに受け取れるっていいな、と思った。学習したばかりのカードキーを使って部屋に戻った。

体が火照っていたからか、盛大に酔いがまわった。売野さんがカップ麺を啜《すす》って

「魚介系のカップラーメンって、檸檬味のサワーが合うから試してみて」

と熱く語った。私はスープを軽く飲んでから、檸檬サワーを口にした。

「あ、分かる。酸っぱいのがいい」

せやろー、と売野さんは得意げに返した。それから彼女はベッド下に置いたトートバッグを漁って、黄色い化粧ポーチを取り出した。

「原さん、これ、三十秒、見つめて」

きょとんとしつつ、言われたとおりにする。三十秒後、売野さんが私の目の前にパックを開けた生ハムを突き出して

「まずそうに見えない？」

と訊いた。たしかにやや傷んでいるように見えた。

「分かる」

「これ、色の不思議」

「え⁉　どういうこと」

説明を受けたものの、いまいち分からなかった。色の原理は初歩であっても理系の分野なので知識がない。

売野さんはもともと国立大学志望だったと教えてくれた。だから科目をまんべんなく勉強していたという話を聞いて、感心してしまった。そう伝えると
「でも結局落ちたからな」

彼女はけらけら笑った。私も苦笑しつつ、食べかけのものや空き袋が散らかったテーブルを見て、気付いた。売野さんと一緒だとなにを食べても美味しい、ということに。

選ぶものはジャンクだけど暴食というほどでもなく、欲しいものを食べたいだけ素直に楽しんでいる。ふと思いついて
「売野さんってダイエットとかしたことある？」

と尋ねてみた。彼女は、ううん、と首を横に振った。

「私、誰かと面白おかしく食べるのは好きやけど、普段は食にそこまで執着ないから。

体が重たくなったら、素麺だけしばらく啜る。そうしたら戻る」

私は今度こそ声に出して笑ってしまった。

そのとき、売野さんのスマートフォンが光った。LINEかな、と思ったけれど、いったん途切れてまたすぐに点滅したので、気にかかった。売野さんは喋り続けていたけど、ほんのわずかに視線を向けたのが分かったので
「電話？　出なくていいの」

私はベッドの上に体育座りをしたまま訊いてみた。

彼女はあっさりと、うん、と答えた。それから関連があるのかないのか
「そういえば、さっき、ゼミで扱った小説のことを思い出してた。『されどわれらが日々』と『ノルウェイの森』のこと」

と切り出した。私は、ああ、と相槌を打った。

「どちらも学生運動とその終わりの時期の男女を書いた小説だったよね」

「うん。たまにどっちも思い出すの。男の子たちもそれぞれに生きることに悩んでんねんけど、関係を持った女の子たちの訴えには無関心っていうか、一緒に暮らそうとか結婚とか言うわりには、まったく理解せえへんところが、リアルやったよね」

そこまで言われて、どうして売野さんがその二つの話を始めたのか察した。

「『ノルウェイの森』の中で、ワタナベ君が療養中の直子に一緒に暮らそうって言った

ら、一生セックスできなくても私のことを好きでいられるかって直子が質問した場面、覚えてる？」

私はちょっと考えてから、うん、と答えた。振り返ったことはなかったわりに、説明された途端、鮮明に思い起こされた。

「それに対してワタナベ君、僕は本質的に楽観的な人間なんだよ、みたいなことを言うやん。私、あれ、びっくりして。直子の質問になにも答えてないよね。あんたの楽観となんの関係があるのって」

「ああ、たしかに言われてみれば、そうだね」

私は頷いた。売野さんは熱くなってきたのか、さらに言葉を重ねた。

「だから、ゼミのときは言いそびれたけど、あの小説って人が死にすぎるみたいな意見と、いや小説の中には死は生の対極としてではなく、その一部として存在していると作中にも書いてあるみたいな意見が出たけど、そうじゃなくてワタナベ君はちょっと死にそうな人が好きなんちゃうかなあ、と思うの。それ、直子も訊いてん。どうしてあなたそういう人たちばかり好きになるのって。それってワタナベ君自身のことやんか。それなのにワタナベ君は、君たちがねじまがってるとは思えない、みたいな答えをするの。それワタナベ君って、自分のことを訊かれたら相手のことを答えて、相手のことを訊かれたら自分の話すんねんな。だから唯一死にそうじゃない緑がそのスタンスに怒ったり突き放したりするの、すごいよく分かるし健全とも思った。あの小説、女の子たちが風変りみたいに書かれてるけど、そんなことはなくて、女の子たちの言ってることが通じてないのはワタナベ君が一番誰よりも自分のことを見ないようにしてるからだと思う」

彼女の語りに脳を揺さぶられているうちに、ゼミの最中に抱えていた問いが浮かび上がってきた。

「直子や死んだ女の子たちは、どうすれば、救うことができたんだろう」

「それもそうやし、私がもっと知りたいのは、そういう危うい女の子たちが本当に救われたら男の子たちはどうするのかなっていうことかもしれない」

それはまるで彼らが、救われたら困る、と言っているようにも感じられた。それから私がすべてを解決した後のことを考えた。亜紀君は果たして嬉しいのだろうか。

そんなことは考えたことがなかった自分にも、亜紀君が喜ぶと明言はできないことにも動揺した。

危うさを恐れながらも、それを必要としているのは亜紀君のほうではないのか。

日付が変わる頃にはテーブルの上を片付けて、歯磨きをして、それぞれのベッドに潜り込み、明かりを消した。

数分後、売野さんのスマートフォンがまた点滅を始めた。さすがに私もその相手がなにか問題を抱えた男性だと気付いた。

暗闇に繰り返し放たれる光は、縋っているようにも脅しているようにも見えて、奇妙に淋しくなった。私は勇気を出して、訊いた。

「売野さん、前に、結婚している人が好きだったっていう話をしてたけど、今光ってるのって、もしかして」

彼女は、うん、と小声で認めた。

「ごめんね、原さん。眩しくない？」

「それは、いいんだけど。私、てっきり売野さんがその人のことをまだ好きなのかと思ってた。でも、実際はむこうのほうが今も執着しているんじゃないかと思って」

私が言い方に迷っていると、売野さんが、原さんって優しいね、と唐突に誉めた。

「でも最初に都合よく頼ってしまったのは、こっちやからね」

と言う売野さんは、さきほどの歯切れの良い彼女とは別人のようでいて、やはり延長線上にあるようにも思えた。

人は客観だけでは理解できないこともある。売野さんが私のことを分かるのは、冷静なだけじゃなく、そこに共感があるからかもしれない。

「前に、おまえは綺麗な沼やなあって言われて、すごいこと言うなあって思った」

「沼？」

と私は思わず訊き返した。売野さんは頷いた。

「おまえから引き込んだくせにあっという間にすっきり立ち直って、ハマったほうだけが抜け出せないって」

それはまるで相手が売野さんにもいつまでも傷ついていてほしいと言っているようで、私は伝え方に迷いつつも、正直に思ったことを口にした。

「うん。そうやね。きっと私にも傷つき続けてほしいんやろね。自分だけが変われないのはつらいから」

と彼女はたしかにどこか他人事のように呟いた。それなのに突き放せないというのが不思議でもあった。

「なかなか、大変そうだね」

とだけ私は言った。

「うん。大変なだけのひと。だから変に刺激したくもないし、早く忘れてくれへんかな」

彼女は幾分か陽気さを取り戻して笑った。

「刺激したくないと言えば、私の親戚も昔くれたぬいぐるみを今になって返せって何度も連絡してくるんだよね。だからもういっそ新しいものを買って送ろうかと思ってるんだけど」

近しい話題のように思えて、話した。

その瞬間、売野さんが

「え？　なにそれ」

と訊き返してきた。私が面食らうと、彼女はさらに訊き返した。

「どういうこと？　その話めっちゃ怖ない？」

怖い、という単語を耳にした途端、突然、頭の芯が痺れるような感覚を覚えた。

「でも高いものじゃないし、たしかにもらったのは」

「ううん、値段とか関係ないし。小さいときにもらったものなんて返せるわけないやん。そんなに貴重なものだったの？」

私は少し時間をかけて考えてから、答えた。

「たぶん違う。近所の雑貨屋で売ってたものだったと思う。もらったときは喜んだけど、いつの間にかどこかにいっちゃって」

「そういうものよね、小さいときって。でも原さん、それは絶対に返したらあかんよ。そんな理不尽なことに一度でも従ったら、その親戚の方、また似たようなことを言ってくるよ」

オレンジ色の小さい照明に照らされた売野さんは、表情や輪郭が半分くらい闇に溶けて、まるで夢の中から語りかけているようだった。

私は不安になって、そうかな、と問い返した。

「うん。絶対に、あかんて」

「分かった。でも、どうしたらいいんだろう」

「彼には相談してみた？」

報告しただけで相談ではなかった、と首を横に振った。

「騒ぐようなことじゃないと思って。自分で解決するべきだと思ってた」

「原さん！　それ、逆。おかしいことがあったら、手遅れにならないうちに騒いだり相談したりしないと、私やったら」

売野さんが軽く言い淀んだ。熱く語っているうちに、自分にもまったく同じことが言えると気付いてしまったというように。こんなにも明快な人でさえ自分のことは分からないんだ、と悟ったら、自分を見ることが少し怖くなくなったように感じた。

「ありがとう。私、ずっと、頼るのはいけないことだと思っていたから。それで私が幸せになったら、与えた分だけ返せって、後から取り立てられる気がしてた」

「責任を放って逃げるか、思い通りに支配しようとするか、なんやね。誰も原さんの幸せを願ってないように見えてしまうね」

売野さんのスマートフォンの点滅が止まった。一段階、室内が暗闇に沈んだ。

確信を持ってできる反論は一つも出てこなかった。つまりはおそらく売野さんの言う通りなのだろうと思った。

「目が覚めた。私、親戚に連絡して、ちゃんと戦う。それで克服する」

不快だけどなんとか飲み込もうとした決意は、あっけなく彼女に
「ちゃうって⁉ 原さんは戦う必要ないから」

と遮られたので、私は困惑した。

「え？ でも、私まで逃げたら、同じこと」

「せやけど、戦うって同じ土俵に上がることやし。そもそもその戦いって、原さんが勝ったら、なにかええことあるの？ むこうが一方的にしたいことをしようとしてるだけで、それに原さんが巻き込まれて付き合わされるだけに見えるけど」

「ええこと、は、まったくない。どちらにしても消耗するだけだと思う」

「せやろ。それ、原さんには関係のない話やって。でも、やっと分かった。そんな責任取らなかった人とか攻撃的な人とかが身近におって、自分の幸せなんて望んでなかったら、色々考えるの無理やんな」

ようやく頷くことができた。

「自立って、ひとりぼっちになることだと原さんは思ってるよ」

たしかにそうだったのかもしれない。

翌朝に目覚めると、となりのベッドで、パジャマ姿の売野さんが背中を出して眠っていた。背骨が痩せた子猫のように浮き出ていて可愛らしかった。空気がひんやりと澄ん

でいた。私は一足先に着替えて、部屋を出た。

屋上のテラスにはカラフルなソファーが並んでいた。目覚めた空は白く霞んでいて、曇天だった。

白いマスクを外す。鼻の奥までいっぺんに酸素が抜けるのが爽快だった。

ひさしぶりに高いところに立ったので、時間差で少し心もとなくなって足が震え始めたとき、強い風が吹いた。

地上の風とは少しだけ匂いも質も違う、上空の風だった。それだけで、自分が野生の鳥になったように思えた。

無理やり釘を打つようにして日常に張り付けられた時間も、いつかは終わる。過去とか終わったこととか当たり前に縛られるのも。

手の中のスマートフォンが光った。亜紀君だった。おはよう、というメッセージ。付き合い始めてから、彼は毎晩毎朝かならずメッセージを送ってきた。

亜紀君にメッセージを送ろうとして、下書きした。それから、しばらくして、消した。書き直して送った。このまま一緒には暮らせない。それから、また送った。

見ないふりをやめるか別れるか選んでほしいです。

しばらく亜紀君からのＬＩＮＥが届き続けた。それから電話に変わった。何度も繰り返し鳴った。まるで昨晩の売野さんのスマートフォンのように。初めて亜紀君を少し怖いと思い、それなのに、初めて本当の彼に触れたような安堵も同時に覚えた。私は電話に出た。彼は開口一番に言った。

「俺は別れるのは嫌です」

あらかじめ決めていたような言い方だったので、彼はむしろ私が別れを切り出すことを想定していたのではないかと思った。

私は風の中、青いソファーに腰を下ろした。

「どうして？」

「どうしてって、春のことが好きだから」

「私がいなくなったら、亜紀君は、どうなるの？」

「淋しいよ」

彼は言い切った。こんなふうに素直に感情を口に出せるところがとても好きだったと思い返す。それでも私は尋ねた。

「淋しくて？」

「淋しくてって……」

彼は困惑したように呟いた。

「淋しいけど、日常は過ぎていくし、また新しい恋をするんじゃない？」

そんなことない、と彼は言い切った。俺は抜け殻になるとも。

「抜け殻」

と私は口の中で繰り返した。

「そうだよ」

「どうして？」

彼がなにかに気付いたように言い淀んだ。

「なにも、残らないから」

亜紀君は諦めたように口に出した。

「春がいなくなったら、俺には、なにもない」

「亜紀君はそう思っていたんだね。ずっと」

と私は言った。

彼は、そうだよ、と呟いた。

「春がいなくなったら、なにもない。でも向き合うのはつらい。だから考えたくなんてなかった」

「だから、私の気持ちも深く考えないようにしていた？」

亜紀君は黙った。張り詰めた、誠実な沈黙だった。

だから私はもう一度、やり直した。この夏の始まりの質問を。

「あなたが、私を愛してるって、どういうこと？」

一年前の夏、煙るグラウンドで、球の打ち上がる高い音がした。反射的に仰ぎ見ると、太陽と青空と見事な放物線とが重なり、つかの間、失神しそうなくらいに見惚れた。

そして亜紀君が駆けてきた。眩しいくらいに明るい表情で。体格のいい人だと思った。ルールもろくに分からないのに、野球のユニフォーム姿が好ましかった。

私は亜紀君が好きだった。私と混ざる前の、ただそこに単体として存在していた彼のことが本当に好きだったのだ。

6

吉沢さんがキーボードを打つ音を聞きながら、領収書を整理し、金額を打ち込んでいく。エクセルの使い方にもすっかり慣れて、それは休みの日に亜紀君が教えてくれたからだということを思い出す。

吉沢さんは珍しく音楽をかけていた。小さなスピーカーからはびっくりするくらいに豊潤な音が溢れて、吹き抜けのメゾネットの空間に反響していた。なんの曲だったっけ、と考える。聴いたことのあるクラシック音楽だけど、作者もタイトルもそういえば知らない。

吉沢さんがコーヒーを淹れ直すタイミングで、私は振り向いた。彼がきょとんとしたように足を止めて、カップを片手に訊いた。

「あ、悪い。原さんも欲しかった？」

いえ、と私は慌てて首を横に振った。吉沢さんは髪を切ったばかりなのか、耳がすっきりと出て、額もいつもより目立っている。

「いま流れている曲の、タイトルが思い出せなくて」

「ああ、ベートーベンのピアノ・ソナタ第十四番だよ」

という台詞と同時に、鍵盤を強く叩く音がして、肩をすくめてしまった。曲が変わり、急激に激しく繊細になっていく音の連なりに引き込まれる。

「吉沢さんが音楽をかけているの、珍しいですね」

彼はコーヒーを一口飲んでから、私の机の隅にぽんと一冊の本を放った。捲ってみると、ベートーベンの半生をまとめたものだった。

「次の小説でベートーベンを題材にするから、最近、聴き込んでるんだよ」

「本当に色んなことを調べるんですね」

私はすっかり感心して呟いた。吉沢さんはソファーに腰掛けると、存外、長い足を組んで言った。

「昔からベートーベンはわりと好きだったんだよ。精神的な不安定さが、良くも悪くもダイナミックで激しいほうに向かう感じがさ、面白いじゃない」

私は、精神的な不安定さ、と小声で復唱した。聞こえていないと思ったのに、吉沢さんはすぐに反応して

「なにか気になった？」

と訊いた。私は曖昧に言葉を濁した。じゃじゃじゃじゃーん、と最も有名な前奏が響き渡り、また軽く意識を奪われる。子供のときにはなんとなくおかしくて笑いながら聴いた交響曲第五番には、言われてみれば、たしかに華々しさの中に生き急ぐような予兆がある。

私は椅子ごと吉沢さんへと向き直り、ロングスカート越しの両膝に手を置いて言った。

「すみません、個人的な話なんですけど……じつは、付き合っている彼と別れるかもしれなくて悩んでいるんです」

「どうして？　上手くいってるみたいだったじゃないか」

吉沢さんが軽く驚いたように訊いた。

「私には不安定なところがあって、彼はそんな私を必要としているけど、互いに壁があ

るようにも感じてるんです。だから」

するとと彼はあまり納得がいかないような表情を作った。

「それは、むしろ原さんが彼に不安定さや壁を感じてるんじゃないの？」

私は反論しかけて、やめた。

「そうかもしれません。二人とも欠けているものを相手で埋めて、見ないふりをしているんだと思います」

「それで、原さんは欠けたものの正体を見つけることはできたの？」

真顔で訊かれて、私は否定も肯定もできなかった。

吉沢さんはしばらく黙っていたけれど

「あなたにはたしかに一人で抱え込むようなところがあるね」

と言った。その一言で自分が理解された気がして安堵を覚えた。そうですね、と答えてから、ここに来られなくなったら誰を頼ればいいのだろう、と思った。亜紀君と別れて、信頼している吉沢さんとの縁も切れてしまったら、私は本当に一人になってしまう——ぞっとした私は考えてもみなかったことを口走った。

「そういえば吉沢さんは、葉山にお引っ越ししたら、お一人で仕事のまわりのことが大変になったりしないんですか？」

「まあ、たしかにね。これまでみたいに編集者に気軽に助けてもらうっていうのは難しいだろうな」

そう同意してもらったことで、必要とされたい気持ちが加速した私は言った。

「あの、たとえば私に、秘書のような業務を任せていただくことは難しいですか？　自宅からでも頑張って通います」

吉沢さんはびっくりしたように訊き返した。

「どうしたの、突然。まさか彼氏にストーカーでもされて、遠くに逃げたいのか？」

私は慌てて、違います、と否定した。

「ただ、そういう仕事をしてみたいという気持ちになったので……唐突に、すみません。忘れてください」

「だって原さん、来年、就職するんじゃないの？」

「そうなんですけど……元々、私自身が志望していた業種でもないので、その会社に固執する必要もないと感じているんです。だから、もし吉沢さんが必要だと思って下さるなら」

彼はコーヒーカップを置くと、原さん、と諭すように言った。

「たしかに、あなたはよくやってくれています。来年も大学院生をやるっていうのなら、たとえば夏休みだけとか、こっちも喜んで頼んだかもしれない。けどね、あなた、気付いてないの」

私はおずおずと、なにをですか、と訊き返した。

「初めてあなたがここに来てから、失踪したお父さんのこととか、ずいぶんと個人的な話も聞かせてもらいました。その中で、あなたが口にしなかったことが一つあった」

「口にしなかったこと、ですか？」

本気で心当たりがなくて首を傾げたら、吉沢さんは一瞬だけ気の毒がるような表情をした。

「あなた、来年の春からの就職先のことを聞いたときだけ歯切れが悪かったけど、本当は納得いってなかったの？」

数秒遅れで、耳から頭の芯まで熱くなって、思考回路が切断されたように考えられなくなった。

「君を紹介してくれた篠田君だっけ？　そもそも最初は、原さんが女の子だっていうから、俺、室内で一対一はどうかと思って断ろうと思ったんだよ。そうしたら元々出版社を志望していた子で、就活でもいい線までいってたし、社会人になってから転職して中途採用されるケースもあるから、少しでも経験を増やしてほしいって。それで、原さんのことを強く推してきたんだよ」

そこまで篠田君が考えてくれていたなんて知らなかった。

たしかに出版社も受けるとはちらっと話したことはあったが、自信がなかったこともあって詳細は教授以外には言っていなかった。しかも一社だけ最終面接まで進んだのに、まさか自分だけ落ちるなんて思わなかった。いつの間に、伝わっていたのか。

篠田君との会話が蘇る。小説家志望だったという話から就職のことになると、口が重かったこと。彼が触れてほしくないのだと思っていた。でも、本当は気を遣っていたのは彼で、触れてほしくなかったのは——

黙り込んでしまった私に、吉沢さんは畳みかけるように
「ところで完成させられなかった小説って結局どうなったんだっけ？」

と質問した。

これ以上、自分の不甲斐なさを晒すようなことを言いたくなかったけれど、自分から相談してしまった手前、話を今やめるわけにもいかず
「それは、父が書こうとしていた小説ですか？　それとも宮沢賢治の」

「そうじゃない。君のやつだよ」

と彼は即答した。

「それは……すみません。止まったままで。どうして書けなかったのか、私にも分からないんです。けど、よく考えてみれば、小説なんて誰にでも書けるものじゃないんだから当たり前ですよね。自分が読むのが好きだったから、書けるような気がしてたけど、そんなわけないですよね」

「べつに俺に謝ることはないけど」

「本当にいいんです。じつは小説をなんとか完成させて、大学院の修論として提出することも最初は考えていたんです。でも難しそうなので、宮沢賢治一本でいけないか先生に相談してみます。すみません。私の愚痴になってしまって」

吉沢さんは眼鏡を外すと、短く息をついた。フレームを外した素顔は油絵を水彩画で描き直したくらいに印象が異なり、年齢が急に五歳くらい上がったように見えた。寂しい老け込み方ではなかったが、作家という肩書の魔法を解かれたようにも感じた。それだけ彼がプライベートな空間でも仕事の緊張感をずっと保っていたことに気付かされた。

彼は眼鏡を掛け直すと

「原さんね」

とおもむろに口火を切った。

「なぜあなたが書けないか、教えましょうか」

今度は私が黙る番だった。

「お父さんの物語は、お父さんのものであって、あなたの物語ではない。あなたの小説が完成しないのは、私、を見ようとしないからだ」

吉沢さんはまっすぐに私を見て、断言した。私はロングスカートの膝を握りしめた。

「お願いですから、そんなふうに責めるようなことを、言わないでください」

という訴えは嫌になるくらいに卑屈な響きを伴っていた。

「父がなぜか私や母じゃなく妹宛の手紙一本だけ残して失踪したとか、今も理不尽なことを身内に要求されたりする、そんな私の物語は簡単に解決できるものじゃないし、その重さを、表面的には気にしていないふりをしながら実際は未だに受け止めきれないことは、おかしなことですか？」

吉沢さんはなにか不思議そうな目をして、少し黙り込むと、壁の時計を見た。それから、おつかれさん、といきなり立ち上がった。

唐突に打ち切られた私はみじめな気持ちで帰り支度を始めた。吉沢さんの仕事の邪魔をしてしまったことが悔《く》やまれて、カバンに荷物を詰め込む間、恥ずかしくて一度も振り返ることができなかった。どうして吉沢さん相手だと、依存心に歯止めがきかなくなってしまうのか。最初からやり直したいと思った。でも、同じことだともすぐに悟る。

玄関でスニーカーを履いて振り返ると、吉沢さんがびっくりするくらい近くに立っていた。

彼は黒いマスクをして靴を履いてからドアノブを摑んだ。私は窺うように仰ぎ見た。

彼は、買い物です、と低い声で告げた。

マンションの廊下からは、西日に照らされて薄暗いシルエットだけになった富士山が見えた。

吉沢さんの植物柄のシャツの背中がやけに小さくて、無意識に亜紀君と比べている自分に気付く。こうやって二人で外へ出るのが初めてだということを強く意識した。歩き始めたときに、彼の左右の肩が不均一に上下しているのが気になった。

エレベーターを降りて、マンションを出たタイミングで、私は訊いた。

「あの、どこか痛むんですか？」

彼はそっけなく、腰だよ、と答えた。青い地面に伸びた影がまるで引きずられていくように進む。私は売野さんの勤めるスナックのママが椎間板ヘルニアになったことを思い出した。

「大変ですよね、長時間座りっぱなしの仕事は」

「まあ、大変は、なんだって誰だってそうだ。今の世の中、生きているだけで苦しい人間はたくさんいるよ。俺は恵まれています。大変って言ったら、あなただって」

彼は短い間《ま》を置くと、言った。

「しばらくバイトは来なくてもいいよ」

私は、はい、とだけ答えた。

「そろそろ自分の作業に集中したほうがいいだろうしね」

「そうですね。私は結局逃げたり甘えたりしているだけで、恥ずかしいです」

彼は右手で頭を乱雑に掻くと、姿勢を正した。

「原さんの願望はなに？」

私は立ち止まって、え、と訊き返した。

「したかったこととか、言いたかったこととか、滅茶苦茶でもいいから、いっぺん気が済むまでやってみたら？　あなたは甘いんじゃないよ。言わない訓練をしすぎて、自分でももはや本心がなんだか分からなくなっちゃってるんだよ。べつに俺の秘書だって、よく考えてみれば、やりたいわけじゃないんじゃないの？　本当は違うことが言いたかったんでしょう」

仄暗く青い夕方の中で、二つの影の動きが静かに止まった。下を向くと、泣けてきて、どうしてこの人はこんなにも私を泣かすのが上手いのだろうと思ったら、堰を切ったように言葉が溢れた。

「吉沢さんみたいな」

言いかけて、やっぱりこういうのは気持ち悪いな、と思った。千駄ケ谷の夜、売野さんの前では泣くのを踏み止まった。だらしなく内面を吐露してしまうことが怖かったからだ。

「吉沢さんみたいな親がいたら、良かったのに。甘えたり、愚痴を言ったり、頼ったりできて、私がどんなに可愛くなくても不機嫌になっても無茶を言っても、どこかへ行ったりしない厳しくて優しい親がいたら、心が安心して帰れる場所があったら、きっともっと色んなことが上手くできたのに、就活だって」

私は涙を拭いながら喋り続けた。

「駄目なんです。私はどこか普通じゃないかもしれないし、誰からも必要とされないって思ってる。内定が出たのは、正直ここだったら私でも、と思っていた会社で、そんな気持ちでいる自分も嫌で、だけど認めてもらえたかぎりは気に入られたいと思っているのも確かで、そんなのは能力がないだけの言い訳だってわかってるけど」

「たしかに、あなたは、もっと、ちゃんと自分に同情しなさい」

吉沢さんがハンカチを差し出したので、受け取っていいか迷っていたら
「ウィルスはたぶん付いてないよ。洗濯して、今日初めて外に出たから」

と付け加えた。私は、それは気にしていないです、と慌てて鼻声で答えて、ハンカチで目頭を押さえた。それから
「以前ゼミで読んだ有名な小説には、自分に同情するのは下劣な人間のすることだっていう台詞がありました」

と控えめに意見してみた。吉沢さんは軽く鼻を鳴らすと
「そういうことを言う人間は、他人を楽にさせないんだよ。小説の中でだって、そうだったろう」

と言い切った。

「子供のときに見た景色について考えるのも大事だ。でも、その前に一度、他人になったつもりで自分をじっくり見てみるといい。原さんにはたぶんそっちのほうが大事だから。あなたのお父さんの手紙を読んだとき、俺が批判的なことを言ったのは、彼があなたを愛しているようなことを言って、その実、自己憐憫《れんびん》でしかないことに腹が立ったからです。それは愛ではなく自己愛で、その区別がつかない人間に物を書くことは無理だと思ったんだよ。しかも自分が責任を負うべき家族じゃなくて実の妹宛の手紙だけ残すなんて、そんなのは娘であるあなたが傷ついて当たり前です。それでも、あなたは、近しい人間が自分を見ないふりすることに慣れてしまっているから、自分も蓋をしてきたんだろう。だからこそ、自分で自分にそれをやってあげないと。小説が書けたら、持ってきてみなさい」

私はハンカチを握りしめて、小さく頷いた。それから、言った。

「お返しするときはクリーニングじゃなくても、いいでしょうか。アイロン掛け、数少ない特技なんです」

吉沢さんは不意を突かれたように一瞬黙ると

「もちろん」

と頷いた。

私が顔を火照らせたまま軽く息をつくと、吉沢さんは青い闇を撫でるようにさわさわと揺れる木々を見上げた。今夜の月はとても細かった。

「本当の親だったら、こんなふうにはいかないよ」

腕組みした吉沢さんが、言った。

「そう、なんですか？」

「うん。娘と暮らしていた頃は、こっちの言うとおりにしないくせに、上手くいかないと愚痴ばかり聞かせる娘に苛々《いらいら》して、よく怒鳴りつけたもんだよ。愛想笑いして逃げるのが得意だから、仕方ないやつだと思いながらも、いつか分かると思ってた。けど、娘が成人したときに言われたんだ。時間の無駄だから私はもうお父さんと分かり合おうとしたくない、お父さんは一度だって私に合わせたり譲ったりしてくれなかった。父と娘であっても人間同士の相性が悪くてコミュニケーションが成り立たなかったら限界はあるんだって。愕然としたよ。実の娘に、人間同士の相性なんて言い出されると思ってなかった」

「でも」

と私は気遣いではなく、本心から言い返した。

「吉沢さんは、こんなに気持ちが分かる人なのに」

「気持ちが分かったからって、自分の感情をコントロールできるわけじゃないからね。それに俺のは理解ではなく、観察なんです。優しくなれるのは物語の中だけだ。現実は、俯瞰して観察して、いざ参加しようとすれば苛々したり厳しくなりすぎて上手くいかない。そんなもんです」

手のひらの中でハンカチが柔らかく湿っていて、吉沢さんが垣間見せた弱さが胸を打った。この人を慰めたいと思った。とはいえよけいにストレスを与えるだけになったら嫌なので

「吉沢さんは、私の話には、イライラしたりしないんですか？」

と思い切って尋ねた。

彼は眉根を寄せると、軽く首を傾げてから

「そういえば、しないな」

と意外そうに呟いた。

「どうしてでしょうか」

どうしてだろう、と吉沢さんはなんだか初めて女の子と話した青年のような目をして繰り返した。

「どうしてかと言われると、俺にもはっきりとは言えないけれど、あなたが言うことや、言いたいと思っていることは、なんとなく分かるから」

彼は途中からひとりごとのように言って、珍しく口ごもると

「娘には愛情を持って真摯に接しているつもりだったけど、思い返せば、そういう、な

んとなく分かる、みたいなところはなかったな。それが娘の言った相性っていうものだったのかもしれない。ああ、原さんと話さなかったら、そんなことは気付かなかったよ。単に子供だから向こうが分からないんだと思ってた。そうじゃなくて、たしかに娘の言うとおり、相互関係だったのかな」

私は吉沢さんを見た。彼も、私を見た。勇気を出して、もう一つ、質問してみた。

「それなら、吉沢さんはさっきみたいに赤の他人の私が甘えるようなことを言っても、気持ち悪いと思ったりはしないですか？」

彼は面食らったように、なんで、と眉根を寄せて訊き返した。

「ないよ。少なくとも、あなたは分別《ふんべつ》があるし、そんなことを言ったら、娘と同い年くらいの原さんに俺みたいな中年がさっきみたいな弱音を吐くのだって、受け取るほうによっちゃあ、十二分に気味が悪いでしょう」

「そんなこと、思ったことも、考えたこともないです」

私は呟いたきり、黙ってしまった。

「べつに腹の中で思われるくらい、いいけどね。それこそ思春期の娘はだいたい異性の親を嫌悪するもんだし、なんなら、同性の親にだってするもんだ」

「親を気持ち悪いと思って、いいんですか……？」

いいんじゃないでしょうか、と吉沢さんはちょっとコミカルな言い方をした。

「直接言えば、互いにどうしたって傷つけ合うから、そこは慎重になるべきだけど、自分の中で殺しすぎることはないよ。もともと、それは心身の防衛本能として備わってるもんだろうし。まあ、ただ、実の娘には拒絶された俺のことを、原さんはそんなふうに思わないでくれるなら、救いにはなるよ」

そう言って、吉沢さんは目尻に皺を寄せて短く笑った。

年上の男の人との正しい距離感というものを知らなかった私にとって、気を許すという感覚は、未知の部分が大きすぎて怖かった。でも吉沢さんは適切な距離感を取ってくれる。だからこそ一方的に頼ってしまうのも不安だったけど、今、吉沢さんは私との対話の中に明るいものを見つけてくれた。

そうだ、こんなふうに正しく段階的に向き合うことで、互いの中の優しく光る星を見つけるようなやり方を、私はしたかったのだ。彼とも。

私は目を閉じた。

そして開けて、今度こそ名前を呼んだ。夏の始まりに巻き戻すように。

「亜紀君」

ワイシャツ姿の彼は返事をしなかった。室内の引戸に手を掛けたまま立ち尽くしていた。

左手に持った仕事用のリュックは中身が詰まっているために、瓢簞《ひょうたん》みたいに底が湾曲していた。

「俺とは、別れるの?」

私はラグの上に座ったまま、首を横に振った。

「別れるとか、別れないとか、そういうのはいったん抜きにして、話そうと思って」

「それで、今夜会おうと思ったの?」

その問いかけには、微細ながら警戒心が滲んでいた。

「うん、そうだよ。仕事帰りにありがとう」

彼は力なくその場にしゃがみ込んだ。そして表情を隠すように、自分の顔を右手で覆った。その右手のひらを、私はそっと両手で剝がした。彼は泣きそうな、それでいて求めるような目をして私の手を握った。

「春は、本当は最初の頃、俺のことをどう思っていた?」

私が答えに迷っていると、彼は、ごめん、と先回りして謝った。

「どうして謝ったの?」

彼は、それは、と言いかけて、やめた。

「いいや。やっぱりなんでもない」

「私は、ずっと、あなたが好きだった。今こうなっているのは、どうしてだか、分かる？」

「分からない。いや、そうじゃなくて、分かってるかもしれないけど」

亜紀君はまるで自分自身に苛立ったように遮り、首を横に振った。

「やめよう。この話は、もう。時間を置こう」

彼が立ち上がりかけた。ループだ、と思った。この夏が始まった瞬間から、私たちは先へ進もうとせずに堂々巡りし続けている。今、言わなかったら、この二〇二〇年の夏をまた繰り返す。

「亜紀君がずっと口にしなかった言葉があった」

だから、私が言うのだ。傷つくとしても。

「あなたは、私にたくさんの答えを求めたけど、あなた自身の感情に触れる質問になると、口を閉ざした。私たちはすごく同じように真実を避けていた。お互いに、好きだって言い合いながら」

「分かった。それなら、訊いて」

亜紀君が突然言って、短く息をついた。これが最後でもいい、という覚悟が伝わってきた。今度は私が深く息を吐いた。

「春が知りたかったことを」

私は短く息を止めた。彼は短く頷いた。

「亜紀君。あなたは、私と出会ったとき、結婚してなかった?」

いざ言葉に出してみたら、胃のあたりに居座っていた怪物がずるりと出ていくような感じがした。

亜紀君が、答えた。

「してたよ。別居して、俺はすでに社員寮に引っ越していて、離婚する話も進んでいたけど」

「籍は抜いてなかった?」

「うん」

「あの広い公園で私に声をかけて、会うようになってからも、それを、あなたは私に言わなかった。別れたのはいつ?」

「春と付き合う直前に。俺のほうが貯金があって、別居の理由はこちらが浮気したわけでもなく性格の不一致だったこともあって、半分渡すのは腑に落ちなくて、本当は話し合いが長引くはずだった、けど」

「急いで別れた? だから節約のために社員寮に住んでいようと思った?」

亜紀君もどこか憑き物が落ちたような顔をして

「うん。春の言う通りだよ」

と頷いた。

彼のしたことは、明確な裏切りとは言えない。順序はぎりぎり間違っていない上で、本人の正しさを貫いたのも分かる。私が楽観的な性格だったら、そこまで離婚を急ぐほど私のことを好きだったんだ、と受け取って終わったかもしれない。

それでも私はこの事実を口にしたら、亜紀君と別れなくてはいけないと信じていた。

それが、今の今まで問い質せなかった理由の一つだった。

「亜紀君なりに真摯に考えた行動だったのは、分かってる。でも、私は最初に知りたかった。せめて付き合うときに、あなたのほうから言ってほしかった」

「分かってる。ごめん。それを言ったら春が離れてしまうかと思った」

「離れていかないために嘘をつくなら、それは、狡いことだと思う」

彼はまたくり返し頷いた。そして、質問を返した。

「春はいつからそのことに気付いてたの」

私は軽く首を傾げてから、宙を仰いだ。

「分からない。いつだったか。けど、なんとなく、そうなんじゃないかと思ってた。自分から社員寮を選んで住んでいるわりには、あんまり帰りたがっているように見えないし、なんとなく、しっくりこなかった。売野さんにも言われたけど、結婚に関して具体的に二人で話し合ってもいないのに、亜紀君は性急で結論ありきだった。情熱的な性格がそうさせてるのかと思ってたけど、そうじゃないって気付いたら、ぜんぶ理解できた。

あなたは実際に結婚したことがあるから、その過程がどんなものか、具体的に知っていたんだよね」

言い終えた途端に力が抜けて倒れ込んだ私の肩を、亜紀君がとっさに両手で受け止めた。触れられるのが怖くなるかと思ったが、彼が支えてくれる手も、こちらに向けられた瞳も私が時間をかけて馴染んだ、亜紀君のものだった。

「ごめん。そして……ありがとう。春」

亜紀君が呟いた。

「ありがとう?」

私は訊き返した。

「分かってた。春を苦しめているのは、俺の側にあるものだって。春にはそれが見えていたのに、今まで一緒にいてくれて、本当にありがとう」

「それは、たくさんの人が、助けてくれたから。混乱していた私を。吉沢さんとか、篠田君とか、売野さんとか。正しい距離からきちんと見てくれている人たちが」

「それなのに俺だけがずっと春と視線を合わせていなかったんだ」

亜紀君はまた、ごめん、とはっきり言った。

「それなら今は?」

彼は険しい表情のまま続けた。

「全部知られた今でも、俺自身の気持ちは変わらないよ。だけど、それは春には関係ないことだっていうのも分かっている。だから、もう一度……じゃなくて、そうだ」

短い睫毛《まつげ》がわずかに揺れた。

「これからは俺の全部を話すし、春のこともなんだって知りたい。そうやって、もし、万が一また春が近付きたいと思ってくれるときが来たら、その先の話をしよう。それまでは出会った頃の誰でもない俺に戻るから。今日ここに呼んでくれて、本当にありがとう」

私は頷いた。感情はいきなり捨てたり変えたりできない。すぐに彼の腕の中には戻れないし、それと同じくらい、綺麗に揃えた襟足からうなじにかけての清潔を、数本だけ短い髭を剃り残した顎の油断を愛しく感じてしまう。

「俺が春を救ったら幸せになれると思ってた。そうじゃなかったら、ずっと俺ばかりが一方的に春を必要としてしまうから」

「私は、救済とか役に立つことよりも、ただそこにいてほしいと思う。そして一緒に楽しいことを、したいよ」

話し合いが終わると、私たちは解散した。それぞれの今居るべき場所で休むために。

大学院の研究室に来るのは、思えば、ひさしぶりだった。

誰もいない室内には、山積みの本が夏休み前と同じようにして重なっていた。私は机に向かって椅子に腰掛けて、『銀河鉄道の夜』第一稿から第四稿までを読み比べた。

第一稿はほぼ後半部分の場面だけで出来ており、沈没した船で死んだ子供たちと家庭教師に出会い、途中の車内で別れ、そこからカムパネルラも姿を消す。その代わりにブルカニロ博士という登場人物が現れて、この物語の意図を告げる。ちなみにほんとうの神さまについての対話はまだ出てこない。

そして銀河鉄道を夢の中に置きかえて、そこからジョバンニが現実の世界で強くまっすぐ歩いていけると思わせる終焉を迎えている。それだけを読むと、亜紀君が総括したラストの印象通りだと感じるが、ただ、そこにカムパネルラの唐突な死や、帰ってこない父親のエピソードは登場していない。ジョバンニの心象も、自分にどこまでもついてくるものがいないことでむしろ振り切れたようなところがあるが、その単純な解決は理不尽な要素というものがまだそこまで作中に介在していないからであろう。そのため物語はまだ断片的なものである。そして第二稿もそんなに大きな違いはない。

全体像が姿を現すのは、第三稿からだ。そこでは帰らぬ父という存在がはっきりと書かれている。一方でカムパネルラに関しては「ザネリ、もう帰ったよ。お父さんが迎ひにきたんだ。」といった台詞や、「おっかさんは、ぼくをゆるして下さるだらうか。」という独白を急きこみながら言うところから、間接的に死というものを臭わせてはいるものの、最後にはっきりとなにが起きて死んだかは書かれていない。その代わり、ほんとうの神さまとはなにか、といった対話や、信仰も化学と同じようになる、といったブルカニロ博士の言葉がある。

そして今現在最も読まれている第四稿で、とうとうカムパネルラの死は決定的なものとなる。吉沢さんは、最初に書いた場面は作家にとってその物語を書き始めた動機だと前に語っていた。それなら最後まで書かれなかった場面には、どんな意味があるのか。それはもしかしたら、書き手にとって最後まで受け入れがたかった真実ではないだろうか――。

私は足元に置いたキャンバス地のサブバッグを開いた。その中身は、小学校時代の作文帳だった。

他人になったつもりで子供の自分をじっくり見てみるといい、という吉沢さんのアドバイスを受けて、週末のうちに実家に電話をして、母が図工の作品や読書感想文とひとまとめにして取っていた物を送ってもらったのだった。

黄緑色の色画用紙の表紙に、黒い紐で綴《と》じられた作文帳を、おそるおそる開いてみた。そして、父と村で過ごした夏休みの宿題として提出した作文を探したら、ちゃんとあった。ただ不思議なことに、ほかの作文のような赤い花丸がついていなかった。それどころか二重丸も一重丸さえもなかった。その作文だけが提出されなかったみたいにまっさらな余白を残していた。私は作文を読んだ。

私が「銀河鉄道の夜」を読んで感動したところは、ジョバンニが、神様は一人だと言われたけれど、ほんとうのほんとうのかみさまです、と言い返したことです。それというのも、夏休みに、私はお父さんとおばさんからべつべつの神様を信じないと言われたからです。私は家に帰りたかったけど、お父さんが「春も来なきゃだめだよ」と言うので、おばさんの家に行きました。そして、お父さんと、おばさんの神様を信じる人たちで戦いになりました。とてもめちゃくちゃでした。ケガをしたり泣いたりしていて、怖かったです。私は、神様が一人きりなら戦いにもならなかったと思いました。

私が「神様なんていないよ」と言ったので、おばさんはおこって、うさぎのぬいぐるみを返してと言って、私のことをたたきました。それを見て、お父さんは笑いました。私が笑われたのは、お父さんにもまたべつの神様がいるからだと思いました。私はどの神様を信じていいのか分からなくなりました。

だからジョバンニはすごいと思います。信じるものがあって、だけど、そういう人たちのためにもがんばろうとちかったからです。

カムパネルラはやさしくて、また少しちがう考え方だと思いました。キリストみたぃだと思ぃました。だから二人はどこまでも一緒に行くことはできなかったのかなと思ぃます。

そこに書かれていたのは、私の記憶から抜け落ちた暴力的な現実だった。けれど仕方ない。こんな出来事を、小学生が現実として処理しきれるわけがなかったのだ。

喉元に言葉がせり上がってきた。怖くて飲み下そうとしたけれど、吉沢さんとの対話が蘇り、私は瞼を涙で熱くしながら、小声で呟いた。

「気持ち悪い」

誰一人、大人の役目を果たさずに、要求が通らなければ脅し、わあわあ泣いて、責任逃れに笑う。血縁者たちがそんな幼児性を臆面もなくさらけ出していたら、気持ちが悪くて当たり前だ。それなのにただ一人、本当の子供だった私がなんとか彼らのことを理解して許そうとしたのだ。

突然、思いついて、叔母の名前で Facebook や Instagram を検索した。これまでどうして考えたこともなかったのだろう、と不思議になる。きっと、単に見ることが怖かったのだ。

古いブログが出てきた。主に信者同士の交流について綴っていた。そこに、お茶会、と題してアップされた室内写真を見た私は唖然とした。

飾り棚の中にうさぎのぬいぐるみが写り込んでいた。まぎれもなく、幼い私に贈ったものだった。最初に返せと言われたときに、たぶん私は素直に従ったのだ。

スクロールしていくと、昔の父との写真がアップされていたことに驚いた。私は誰よりも兄の気持ちが分かるから断言するが、兄は結婚しなかったら失踪なんてしなかったはずだ。そう書き添えられた一文に私はショックを受けた。いったい他人の気持ちをなんだと思っているのか。さらには今になって、返せないものまで返せという――。

気付いたら、Wordの真っ白な画面を開いていた。そして書き始めた。いつの間にか日が沈んで、研究室内が真っ暗になるまで書いていた。

出来上がったのは、修士論文としては到底枚数が足りない二十五枚程度の短編だった。電気をつけなきゃ、と思ってパソコンから手を離した瞬間、強いめまいと吐き気を覚えて、私は背もたれに寄りかかった。眼球が疲労して今にも割れそうに痛い。こめかみで強く脈打つ音が響いていた。凝り固まった肩と腕に猛烈なだるさを覚えながらも、読み返したら、やっぱりもうこれ以上は足すものがなかった。

初めて物語のエンドマークを付けられたことに、言葉にならない達成感を覚えて、呆然としていた。

そのとき、明かりがついた。私は振り返った。篠田君が立っていた。

「原さん、いたの。大丈夫？」

と彼は室内に入って来ながら、訊いた。私は我に返り、うん、と答えながら、慌てて書いた原稿のデータをクラウド上にも保存した。

「どうしても必要な資料があって、取りに来たんだ。絶版本で、地元の図書館にも置いてなくて」

彼は説明しながら、パソコンの前に立った。そして気付いたように言った。

「なんか、いかにも女の人が放っておけなさそうな顔した男が写ってるけど、原さんの知り合い？」

それは開きっぱなしだった、父の写真だった。

「うん。私の父」

と私は答えた。

「うそ。ああ、でもたしかに顔のパーツなんかは原さん、面影があるかも」

「うん、だから私、どちらかといえば男顔なんだよね」

私はそう言って、ブログを閉じた。

沈黙がゆるく流れると、今だ、とふいに思えて、私は口を開いた。

「吉沢さんのバイト、紹介してくれて本当にありがとう。すごく有意義で貴重な夏休みだった」

その一言で、彼はおそらくその言葉の意味に気付いたはずだった。だから、こちらを向いたときにはまるで気付いていないみたいに、さらっと、頷いて

「なら良かった。俺も噂の高級マンション、見てみたいけどね」

と言った。

「そっか。吉沢さん、来年の春、葉山に引っ越すみたいなことを言ってたから、篠田君が就職する頃になるかも」

「そっかあ。まあ、もともと本の部署に配属になって担当できるとは限らないしな。若手は入社してすぐは週刊誌に行かされるっていうのも聞いたし」

「篠田君が週刊誌？　張り込みとかやるの？」

私が驚いて訊き返すと、彼は、似合わないけどやるしかないでしょ、と苦笑して

「仕事ならね」

と言った。私は

「そっか」

と答えた。それから、敵《かな》わないものだな、と思った。私が持っていないものをきちんと全部持っている篠田君には。そしてそれは彼が努力して、ちゃんと他人を見たり、自分を見つめたりもして、正しく手に入れたものなのだ。

そのとき、篠田君が思い出したように

「そういえば読んだよ。福永武彦の『秋の嘆き』」

と言った。

「どうだった？」

篠田君は少しだけ表情を固くすると、口調だけは普段のままで、言った。

「うん、面白かった。あと、もしかしたら、だから原さんは結婚に悩んでたのかなって少し思った。誤解だったら申し訳ないけど」

私はその意味をゆっくりと考えてから、うん、と認めた。

「そうだね。それも、あったかもしれない」

福永武彦の『秋の嘆き』は、結婚を破談にされ、兄は自殺し、母親の面倒を一人で見ている若い女性が主人公だ。その原因は、精神科病院で死んだ父親にあった。主人公の兄も婚約者もそれが遺伝することを恐れ、彼女一人を取り残した。

「だから、遠藤さんのお父さんが亡くなったときも、原さん、上手く感情が動いてない感じだったのかな」

私は軽く黙ってから、分からない、と正直に答えた。

「ただ私の中で大きい影のようになっていたことだとは、思う。血縁関係とかが」

「そっか。ただ、あの小説が書かれたのは昭和で、今はもうそういう時代じゃないと思うから。たしかに実際問題、当事者や身内は大変だと思うけど。少なくとも今、原さんは特に変わりなく暮らせているなら、なにか問題が起きたときに初めて悩んでも、遅くないんじゃないかな。月並みなことしか言えないけど」

たしかに月並みな意見だ。だけど、その月並みの奥に込めた気遣いや慎重さを、私はありがたく受け止めた。

篠田君の視線が私に留まったままだったので、見下ろす。そういえば今日は亜紀君の服装に影響されて買ったものの、似合わなくてあまり着ていなかったオレンジ色のロングスカートなんて穿いていたことに気付く。

「あ、今日は洗濯が間に合わなくて。このスカート、派手だよね。ちょっと自分っぽくはないかな、とは思ったんだけど」

売野さんに服装を指摘されたこともあり、つい弁解してしまった。だけど彼はワンテンポ遅れてから、ようやく理解したように、ああ、と相槌を打った。

少し間があってから

「原さん、俺、一つみんなに言ってなかったことがあるんだ」

と言い出した。私は、なに、と首を傾げた。

「俺、色覚異常があるんだよ。だから、原さんのスカートもちょっと灰色がかって見えるんだけど、そんなに派手な色なんだ？」

私は驚いて、え、と思わず訊き返した。

「うん。まあ、遠目にも分かるくらいには」

「そっか。やっぱりそんなに違うんだな」

篠田君が本棚を見上げたので、私も横を向いた。背表紙の各色が溢れた本棚を。

「活字はいいよね。黒いから。それに、言葉で説明してくれるし。それがどんなふうに見えるのか」

私が言葉を選んでいたら、彼がちょっと意地悪く笑って
「今、俺に同情したよね」

と突っ込んだ。私は慌てて否定しかけて、やっぱり正直に
「うん。たしかに、してた。仕事とかちょっと不安はないのかな、と思って」

と答えた。

「原さん。色が見える原理って知ってる？」

篠田君に訊かれる。首を横に振ると、彼が説明してくれた。

「俺たちの性別を決める染色体があって、女性がXXで、男性はXY。そして色を認識するために必要な遺伝子は、Xにだけ入っている。だから女性はたとえ一つが不具合を起こしていても、もう一つのX染色体が補ってくれるけど、男は元々一つしかないから、性別的に男のほうが色覚異常が多い」

「そうなんだ。初めて知った。そういう原理だって知ったら、すごく、納得」

篠田君のことを忘れて、つい面白がるように頷いてしまった。彼が嬉しそうに、口を大きく広げて笑った。

「原さんってさ、そういうところ、素直でいいよね」

「え、そう？」

彼は、うん、と答えて、私の机の上の資料を見た。

「俺も『銀河鉄道の夜』の第四稿まで読んでみたんだけど、三稿が一番共感できたな」

それはとても意外な一言だった。

「共感？　私にはまだ分からないところがあるんだけど」

「だって、さっきみたいなことだって、今は科学があるから説明できるけど、分からなかったら、俺は単にまわりと違った、よく分からない体を持ったやつになっちゃうから。そういう無知ゆえの偏見とか誤解とか間違いから解き放たれるっていう意味での、科学なのかなって思ったけど」

篠田君の言葉が沁みこむようにして、全身を巡った。かすかに熱くなっていた。

「私、今日、篠田君と話せて良かったな。やっぱり本当に篠田君は優秀だと思う」

「なんだよ。原さん、照れるよ」

彼が珍しく本当に照れたように返したので、私もちょっと下を向いて笑った。それから言った。

「やっぱり私には『銀河鉄道の夜』っていう題材は向いてなかったのかな。篠田君みたいに冷静に捉えることが難しくて。どうしても自分の主観や体験と重ねちゃうところが多いし」

「そうなんだ。たしかに、どうして原さんがさっきみたいな福永武彦の小説から、宮沢賢治に興味の対象を変えたのかは気になってたけど。重ね合わせるほどのことがあるなら、むしろ、向き合う気になったってことじゃないの？」

「向き合う」

と私は呟いた。心当たりがなかった。

「なにかここ一年くらいで変わったことってあった？」

私はしばし考えた。それから、突然、理解した。

「うん、たしかに、あった」

「そっか。だからだと思うよ。人の大体の行動って、無意識のようでも、必然性があったりするし」

最後は篠田君らしく、フラットな立ち位置から結論付けた。

私は机の上の資料をサブバッグにしまいながら、はめ込み式のガラス窓越しに、淡い闇に包まれた中庭を見た。木々が外灯に照らされて、暗いところはかえって形も分からないくらいになっていた。だけど、そこには怖いものは潜んでいないことを、私は知っている。もし、この先、新たに森の中で怖いものに出会ったなら、どうすれば、いいのかも。

「暗いから一緒に出ようか」

と気遣ってくれた篠田君に、私は言った。

「ありがとう」

この一年間で、変わったことは、一つしかなかった。

篠田君が電気を消して廊下に出たときに、私はその青いシャツを羽織った後ろ姿に言った。

「私、今、本当の意味でようやく就活が終わった気がしてる」

振り返った彼はあっけに取られたように

「遅くない？」

と突っ込んだ。それから、やっぱり原さんって時々変わってるよなあ、とひとり言を口にした。

私が持参した原稿の束を、吉沢さんは大きな仕事机に置いた。深い焦げ茶色の木肌に、紙の白さが浮き上がっていて、ちょっとだけ誇らしかった。もっとも手のひらは羞恥心《しゅうちしん》と緊張で汗ばんでいたけれど。

　彼は原稿を捲りながら

「ちょっと比喩《ひゆ》が多いかな。一ページ目の森にたとえてるところなんかは、とてもいい表現だと思うけど、全体的になにが起きているのか分かりにくいから、もっとはっきり書いたほうがいい。抽象的な表現と、現実の描写とのメリハリをつけると、どちらも生きてくる。それから、この公園の場面はいらないと思います。むしろ、その後の外泊のエピソードは説明的に済ませてしまわないで、情景描写や会話でふくらませて、場面で伝えるということをしたほうがいい。そのキャラクター自身を通して読者に感じさせる前に、変わった女の人だった、と書くのは駄目。極力、語り手に説明させるのは避ける。あとラストの三行は削ってしまったほうが、すっきりと、いい印象になるんじゃないか。もう書くところはないと言ってたけど、そんなことはなく、起承転結の転をもっと書き足してもいいと思う。ざっと気になったところだと、以上かな」

　と一息に言った。私はあわてて忘れないようにメモしてから、ありがとうございます、と深く頭を下げた。

「すごく、納得しました」

「うん。表現としては稚拙《ちせつ》だったり、視点が偏ってるところもあるけれど、これは、あなたの物語だと思います。原さんのいいところが出ているし、なにより、切実さが感じられる。書きたいものがあっても、書かなくてはならない理由がなければ、完成しないのが小説だ。一番大事なものがあれば、技術的なことは、教えられるから」

それから彼はまた読み返すと、うん、と短く頷いた。

私は思わず打ち明けた。

「ずっと親族から脅迫めいた手紙が届いていて、とうとう先日、母にお金を出してもらって弁護士事務所に相談に行ったんです」

吉沢さんは顔をしかめて、ひどいな、と言った。私も、そうですね、と同意した。

「弁護士さんに一筆書き送ってもらったら、私が誤解しているという旨の返事があったそうですけど、むこうもそう言い切ってしまったことで、それ以上はなにもできないと思うので、ひとまずは落ち着くと思います」

快晴のためにブラインドを下ろした室内は、少し陰っていた。吉沢さんとの距離は一メートルくらい空いていた。この緊張感ある距離を愛しく思う。私はもう私の話をしても気持ち悪くはないから。

「まだ、少し話してもいいですか？」

吉沢さんは、もちろんどうぞ、と笑って促した。

「私が高校生のときに父の小説を完成させることを思いついたのは、たぶん、父との物語が、特別なもののように思いたかったからです。自分が子供のときに淋しくてつらい思いをしたのは、きっと、特別な役割を与えられたからだったって。ユダヤの民が試練を神様から選ばれた証だと考えるみたいに。神様は、そういう逆説の中に現れるものですから」

「なるほど。よく、分かるよ」

「現実の私は特別なところなんてなく、就活に躓《つまず》いて、自信をなくして、恋愛に寄りかかって。本当は焦っていたんです。だって私が特別なものをなにも持っていなかったら、私の身に起きたことは、本当に、ただの理不尽になってしまうから」

「そうかな」

「少なくとも私はそう思っていました。それを受け入れることができなくて、子供時代の物語を手放せずにいたんです」

「ようやく本当に思っていたことが言えたね」

彼はなぜか誉めた。私は釈然とせずに、軽く項垂《うなだ》れた。

「恥ずかしいです。分かっていなかったのは私だけで、みんなに気遣われて、助けられて」

「そういうものです。人間は。あなたが思うほど明確に線引きして生きるものではないよ」

彼は諭すと、眉間を緩めた。

「原さんにとっての物語は得られなかったものの対価だったのかもしれない。だけどね、俺は、今みたいな話こそ、物語と呼ぶべきものだと思います」

と一つ一つ説明してから
「ようやく自分の物語に還ってきたんだよ。それは、祝福されることだ」

と言った。

夜中のグラウンドは強い風が吹き抜けていた。夜空が真っ青で星が美しかった。

二人ともマスクを外して、解放感を味わうようにグラウンドを駆け出した。私のほうが先に動いたのに、追ってきた亜紀君にあっという間に抜かされた。

そして、振り返った彼が片手を挙げて笑った。大きな手には野球のボールが握られている。

「明日、晴れるといいね」

と私は言った。彼はボールをぽーんと真上に投げてから
「晴れ男の先輩がいるから、きっと、大丈夫だよ」

と笑って、右手で摑んだ。

「草野球大会なんて、いつぶり？」

「や、それこそ、去年の秋以来だな。コロナ禍もあったけど」

彼が向き直り、こちらを見つめて、言った。

「春と一緒にいたかったんだ。本当は俺、男の集団があまり得意じゃない。野球や仕事は好きだけど、もしかしたら少し怖いとさえ思っているのかもしれない」

不意を突かれていると、彼はまたボールを高く投げた。星空の中の軌道を、気が遠くなるような想いで見上げた。

彼もまた逃げたかったのかもしれない。ふたたび結婚や同棲という言葉を使って、私という新しい場所に。だから、それでは駄目だと思ったのだ。そのやり方では、いつかきっと父みたいになってしまうから。

「そうだ。論文が完成したって言ってたね、おめでとう」

亜紀君がはっきりと言った。私は首を横に振った。

「じつは論文って二つあって、まだ片方だけだし、本格的な直しはこれからだけど。あ、それで、もう一つ報告があるの」

亜紀君が動きを止めた。私は息を吸って、言った。

「母の恋人が弁護士さんを紹介してくれたこともあって、実家にお礼の電話をしたんだけど、そのときに、父の話を論文で書いたことも報告して、初めて私から父の話をしたらね」

少しの沈黙の後、母は言った。

父親に不安定なところがあると分かっていた上で、長期間、あなたを任せたのは私の甘えでした。大事な娘がいて、私がお金さえ稼いでいれば、女にとっては魅力的だけど生活力のない武春さんを繋ぎ止められると当時は信じていた。ごめんなさい。

そのときに分かったのだ。幼い私はそのことを無意識に察したのだと。母もまたあのとき、保護者であることを幾分か放棄していた。

だから敬語になったのだ。親ではない大人と話す子供として、正しく。

話を聞き終えた亜紀君が真顔で、すごいよ、と呟いた。

「うん、たしかに、極端な話だよね」

「いや、そうじゃなくて、それに気付いた春も、そこまで変わるくらいに助けてくれる人たちとの関係を作り上げたことも。思えば俺には男女共にそういう相手がいなかったから」

私は右手を挙げた。彼が柔らかくボールを投げてきた。

受け止めたときに、少しだけ衝撃が来て、きちんと手のひらにおさまった。

「私は亜紀君と出会って、あの二つの論文を書く気になったから。一人では、絶対に持てないものと向き合う気になった。それは、たしかにあなたが変えたんだよ」

亜紀君が私を見た。

「俺も、そういう関係を作っていけるかな。これから」

私は、うん、とはっきり答えた。

私たちは最初に間違った。だからといって、流れた時間の細部のすべてが間違いではないと思いたかった。今からでも変われるものがあるなら。

午睡《ごすい》から覚めると、腕に机の角の跡が付いていた。

私はパソコンの画面を覗き込み、いずれ副論文に反映させるためにメモした内容を読み返した。

私は根本的な思い違いをしていた。

それは、相手の意に沿わなければ、その相手を否定したことになると思っていたことだ。

なぜなら、子供のときにそういうメッセージを受け取ったから。意に沿わなければ、攻撃する。自分の思い通りにならなければ、捨てる。

人は孤独だから同化したがる。たぶん彼らも本心の部分では、そうだったのだろう。

でも、それなら対話の意味など、なくなってしまう。

私は、完全に同化してしまうことと、異なるものが同じ場所に存在することの区別がついていなかった。それが『銀河鉄道の夜』に対する違和感となっていたのだ。だけど、自分の神様を信じることと、他者に違う神様がいることとは、矛盾しない。他者が在る、というのは、そういうことだから。

若い頃の賢治もたぶんそれが分からず、大事だからこそ同化したいと願った人たちと対立した。それはまさに神さまを通した思春期だったのだろう。

でも妹トシが死んだとき、賢治は生きていた。死とは、他人と自分が結局はべつべつの個であることを自覚させる、最大の通過儀礼なのかもしれない。

それでも賢治は遺骨を動かしたりして、足掻いた。もしかしたら、同じ神さまの元ならば、いつかまた会えるかもしれない、と考えたのだろうか。

賢治の作品世界が、私の生理的な嫌悪に触れるところがあったのは、そういう感情や同化の願望が渾然一体となって見えづらいけれど強烈に存在しているから。

『銀河鉄道の夜』で、ジョバンニはどこまでも一緒には行けないことに苦しみ、青年の神さまに反論するが、宗教が一つの世界に共存していることは書き手が理解している。カムパネルラの自己犠牲には、幼い私が感じたように、やはり仏教思想にキリスト的な姿勢も混ざり合っているように思う。

賢治は『銀河鉄道の夜』で、まったく一緒、ではなくて、だけど、人は少しずつ混ざり合っていることを、受け入れ始めていたのではないか。みんながカムパネルラだとは、そういう意味だったのではないだろうか。

賢治がもっと長く生きて、『銀河鉄道の夜』の完成形を書いたとしたら、そこには他者との距離感が成熟した先の銀河が生み出されていたのかもしれない。

私はパソコンを閉じて、立ち上がり、伸びをした。

カーテンを全開にしていると、狭いバルコニー越しにも見事な秋晴れは広がっていた。ずいぶん前に百円で買ったサボテンの棘《とげ》が、日差しを受けて、発光していた。白い壁に寄りかかって、なにもない時の流れを体内で感じていると、つかの間、時間を巻き戻せるような気がした。

また、目を閉じてみる。

どこまで戻そうか。そんなことを考えながら、弾《はじ》くように、まぶたを開く。

光溢れる室内は、大好きな本を積んだ机や、抱き心地のいいビーズクッションや、美味しくて食べすぎてしまったポテトチップスの空き袋など、ささやかな私だけの愛着で溢れていた。亜紀君と出会う前の私がそこにはいた。

さっき見つけたネットの記事を思い返す。十二年くらい前、高校野球に出場停止になった野球部の事件について書かれていた。

その野球部では日常的に暴力行為がくり返されており、「女みたいな名前で女々しい」と因縁をつけられた一年生が複数の上級生から殴られたり、小柄な部員が肋骨を折られるなどの被害にも遭っていた。そのため野球部は一年間の活動停止処分を受けた――それは亜紀君の母校だった。

逆算してみると、ちょうどぴったり彼が一年生のときの出来事だった。どこまで彼自身と関係があるかは分からない。ただ、私はどこかでずっと引っ掛かっていたのだ。名前を呼ばれたときに、身構える癖が亜紀君にはあることを。

彼は最初の結婚になにを求めていたのだろう。私がそれを理解したいと思えるタイミングが巡ってきたら、訊いてみたい気もした。

私はスマートフォンを小さな金色のスピーカーに接続した。サブスクで最近気に入っているヨルシカのアルバムを再生する。気がおかしくなりそうなほど夏を感じさせるイントロに引き込まれる。時間差で頭や手足の重みがずっしりきて、動けなくなった。身長百六十二センチの頼りない体に、こんなにも厄介なほど血と肉と水分と自我が詰まっている。たとえ今誰も私のことを見ていないとしても、存在している。

この先、社会に出て、たとえ誰かが私を正しく扱わない瞬間が訪れたとしても、だから私が間違っているとはもう思わない。

ようやく納得して、そして、また目を閉じた。

今度は自分から物語を始めるか、選ぶために。

放物線を描いて光に飲まれたボールが、時空を超えたように、いつの間にか足元に転がっていた。

私はそれを拾い上げた。駆け寄ってきた青年が眩しいほどの笑顔で、ありがとうございます、と言い、頭を下げながらボールを受け取った。額には大量の汗を掻いていた。あまり接したことのないタイプの男性だったので、私はちょっと緊張して、頭を下げ返した。

彼が私の手元の本にふと視線を落とした。その動作で、好奇心旺盛な人なのだな、と思った。それを隠さない素直さを持っていることも。

覗き込んだ彼の大粒の汗が、私の手の甲に落ちた。彼は慌てたように謝った。私は無言のまま手の甲を伝っていく汗を見ていた。不思議とまったく不快ではなかった。

「大丈夫です。気にしないで」

「でも、本当に、すみません。汚くて」

私は首を横に振った。それから、彼を見た。そのしっかりとした体格を視線でなぞりながら、男らしくて爽やかな人だ、という感想を抱いた。

子供たちの呼ぶ声がすると、本も面白そうですね、とだけ告げて、彼はあっさりと立ち去ろうとした。あのときとは違って私に名前や連絡先を尋ねることもなく。

私は反射的に呼び止めた。彼が振り返った。本をベンチの脇に置いて、立ち上がる。

「私にもボールの投げ方を教えてもらえませんか?」

彼が驚いたように一拍置いてから、戻って来た。少し離れたところにいた彼の先輩がにやにやと笑っていた。

西日の洪水の中で、私たちは名乗った。春と亜紀って偶然ですね、と彼が言った。もう知っていた、と言うわけにもいかずに上手く返せずにいると、亜紀君は誤解したのか「女性から声をかけられたのは初めてだから、変なことを言ってすみません」と謝った。意外とよく謝る人なのだな、と悟る。もしかしたら、案外、気が弱いのかもしれない。そして私は彼に恋をして——

目を開ける。そして、これは違う、と目を閉じる。

ふたたび、あの夏に戻っていく。

「私にもボールの投げ方を教えてもらえませんか?」

彼が驚いたように一拍置いてから、戻って来た。少し離れたところにいた彼の先輩がにやにやと笑っていた。

西日の洪水の中で、私たちは名乗った。春と亜紀って偶然ですね、と彼が言った。ま

だ上手く言葉を返せずにいると、亜紀君は誤解したのか
「女性から声をかけられたのは初めてだから、変なことを言ってすみません」

と謝った。その表現が一瞬引っかかり、よく考えてから、顔を上げて告げる。

「運動に縁がなかったので、さっきみたいにボールを投げられたら気持ちいいだろうな、と思って。思えば昔から、そういう友人がいたらいいな、と憧れていたんです」

彼は、そっか、とどこか拍子抜けしたように呟いた。

「たしかに、気持ちいいですよ」

と手放すように空を仰ぎ見た横顔は、無心という言葉がしっくりきた。私も青空を仰いだ。

亜紀君はグローブを脱いで、私に手渡した。嵌めると、中は熱くて、湿っていた。彼は丁寧に言った。

「最初、俺の言うとおりに握ってもらって、いいですか？」

私は頷いて、夏草を踏んだ。

初めて握るボールは小さいのに、硬くて、存在感があって、生きているようだった。

最初の夏、あなたは私を見つけて、強く求めた。

だから今度は、私が私を一つずつ拾い直す夏だ。

文庫版あとがき

　この小説を書いて間もない頃は、春が亜紀君との関係に苦しんでいる本当の理由が、作者の私自身にも見えていなかったのだと思います。

　数年経ち、ふたたび春と向き合うことで、やっと彼女が恐れていたものの正体に気付かされました。春が亜紀君と出会ったことを思い出すたびに、「私と混ざる前の、ただそこに単体として存在していた彼のことが本当に好きだったのだ。」と繰り返す理由も。

　そのため本作は単行本時から、春と亜紀君のラストの一部だけ変えています。

　こんなふうに他人事のように書くと、読者は奇妙な感じを受けるかもしれませんが、本来、登場人物は動き出してしまえば、作者自身にもコントロール不可能なのかもしれません。世界中が感染症に閉じ込められた夏を、誰も思い描くことなどできなかったように。

　とはいえ文庫版で改めて加筆すれば、物語を悲しいものにするかもしれない、という葛藤はありました。けれど春の心の靄《もや》が晴れて、やり直す夏に向き合えた今、やっぱりこれで良かったと思います。

後付けのようですが、改稿を繰り返した賢治もまたそんなふうに物語の中で生きるものたちを常に感じていたのかもしれないです。

春たちと、今を生きる私たちの記憶と記録を焼き付けた小説を、手に取って下さり、ありがとうございました。

また自分にも分からない小説を書きたいです。

2023年5月8日

島本理生

参考文献

『宮沢賢治全集7』ちくま文庫　一九八五
『新書で入門　宮沢賢治のちから』山下聖美　新潮新書　二〇〇八
『サガレン　樺太／サハリン　境界を旅する』梯久美子　KADOKAWA　二〇二〇
『銀河鉄道の夜』ますむら・ひろし（原作／宮沢賢治）扶桑社　一九九五
『成瀬仁蔵』中嶌邦　吉川弘文館　二〇〇二
『成瀬仁蔵の帰一思想と女子高等教育　比較教育文化史的研究』大森秀子　東信堂　二〇一九

単行本　二〇二一年七月　文藝春秋刊

解説　私の物語を読む

柴崎友香

小説は、大学院で文学を研究する二十代の女性、春のごく穏やかな一日を描いて始まる。

夏休み中の大学の光景、同級生との修士論文についての会話、美術館で待ち合わせた少し年上の恋人とのデート、互いに気遣いの感じられるやりとり……。コロナ禍一年目の夏で、大学には人の姿は少なく、行動に多少の制限がある様子以外は、論文が進まずに思い悩んではいるものの就職も決まっているようで、落ち着いた「幸せそうな」日々と、周囲からは見えるに違いない。

しかしその穏やかで気遣いのある言葉の隙間に、むしろ「気遣い」が重なるところに、不安や不穏な気配が潜む。そして、あるとき一気に春の感情が溢れ出す。

その暴発を引き起こしたのは、恋人の「愛してる」という言葉だ。「あなたが、私を愛してるって、どういうこと?」と、春は問う。繰り返すその問いは、春の呼吸の苦しさが伝わり、読む私の息も乱れる感覚が確かにあって、そして、この小説の問いが私自身の中から響いてくるみたいに感じて、読み続けた。

この十年か二十年か、男女間や恋愛における関係性の不均衡や難しさ、親密さの中で生じる暴力や支配的な欲望について、世の中ではだんだんと語られるようになってきた。その状態や不適切なありかたを表す言葉と解説を日常的に読んだり聞いたりすることが増えた。周囲の人間関係や、自分の過去の経験について、あれはそういうことだったのか、と考えることができるようになり、恋愛と呼ばれる関係やそれを描いた作品についても、「恋愛感情だから」だけでとらえられなくなっている。

かといって、では、恋愛や「愛」の介在する関係についてなにか困難が生じたときに、「それはこういう状態」「こんな支配関係」と切り分けてしまえるほどシンプルではないのが、人と人との関係であり、人の感情や記憶であると思う。

「恋愛」や「愛」の形で、ある人を取り巻いていく親密な関係、重なり合って絡み合った人々の欲望や関係性について、もっとも真摯に見つめて書き続けてきたのが島本理生だと思う。一読者として、また同時代の作家として、島本さんが書き続けてきたものはなにか、ようやく思い至るようになったのは島本さんの小説を読み始めてから何年か経ってからのことだった。

小説は、たいてい、すでにできあがったものとして読まれる。春がアルバイトに通う売れっ子作家吉沢樹が「ミステリーは細かい伏線張らなきゃいけないから」と言うように、結末や結果に向かってそれにつながる出来事や理由が示されていくはず、と。小説やドラマや映画、溢れる物語をたくさん読んできた私たちは、現実も、身近な人のことも、あるいはニュースで知った事件についても、物語としてとらえがちである。

恋愛の関わる親密な関係についても、それが破綻したり暴力や不適切な事態が起こったりしたとき、実は最初からだますつもりだった、善意だったのを誤解していた、みたいに意図や理由があって行動していたと思ったりする。それは時には、「見抜けたはず」「見る目がなかった」という非難につながりもする。だけど、愛と暴力は、対極にあるのではないし、そして紙一重でも裏表でもないのだと思う。それらはもっと入り交じって混沌としたものかもしれない。

春は、長らく二つの小説について考え続けている。

宮沢賢治の『銀河鉄道の夜』と、失踪した父親が書こうとした小説である。

この小説の中で『銀河鉄道の夜』は、何度も読み直される。第一稿から第四稿まであり、よく知られている小説なのに実は未完であるこの小説について、春は何度か気になる場面を引用し、同じく文学を研究する友人たちと、恋人の亜紀と、信頼を感じる吉沢と、それぞれに話し合う。

いくつかの文学作品を読み直し、読み方について何度も語るこの小説は、恋愛の関係をめぐる物語としては、少々変わっているかもしれない。

夏休みに偶然会ってから話すようになった大学院で同期の売野は、「十代の頃にすごく売れた日本の小説」について話し（あの小説＆映画のことだとすぐわかる人も多いと思うが、売野の「あらすじ紹介」は少し違った印象になっている）、春と過ごす一夜に『されどわれらが日々』『ノルウェイの森』について話す。そのとき語られるのは、作者の視点、登場人物の視点、売野の視点の三層から見えてくるなにか、そして売野の経験と結びついた男女と恋愛へのまなざしだ。「十代の頃にすごく売れた日本の小説」が「視点」が重要な仕掛けになっているのが示唆的だが、この小説の中で「誰かによって語られる小説」のバリエーションは、ミステリー的な仕掛けや、別の人から見ればまったく違った見方になる、ということではない。

語る彼ら自身が、その小説を通して表れてくるのだ。

吉沢は、春の語る『銀河鉄道の夜』を聞いて、春が書いた小説を読み、春と対話する中で、別れた妻や娘との関係を思う。篠田は、春が「好きすぎる」という福永武彦の『秋の嘆き』を読み、彼が春に語ることを通じて、春は自分の奥底にあったものに気づく。

読むこと、読まれること、話すこと、話されることが、春という一人の人を少しずつ変え、閉ざされていた心を少しずつ外の世界へと押し出していく。

この物語に至る前にも何度も読まれたのは、父が唯一残した手紙である。父の妹である叔母から届いた手紙、そして子供だった自分の書いた文章を読むことで、春は自分自身の謎を解いていく。

『銀河鉄道の夜』の改稿について質問する春に対して、いちばん始めに書いた部分は「動機」ではないか、と吉沢は言う。それは『ファーストラヴ』で父親を刺殺した女子大生が取り調べで言う、あの印象的な「動機はそちらで見つけてください」と響き合う。

人はきっと、最初から明確にわかっていてそのように行動するわけではない。自分の行動の理由を、理解しているわけではない。その人が言った「理由」がいつも真実とも限らない。そして真実ではないからと言って意図的な「嘘」とも限らない。

私は、この小説を単行本が刊行されてすぐに読んだ。二年近い時間を経て、私も「読み直し」「語り直す」ことを身をもって体験した。

最初に読んだときとは印象が違うところがあった。特に、春と売野のやりとりの場面では（二人の声がするすると聞こえてきて、どの場面も好きだ）、思い浮かべる経験や身近な人の顔が増えたり違ったりした。それは、二年という短くも思える年月のあいだに、個人的にも、世の中のできごととしても、違う経験をしたからだろう。

この小説が二〇二〇年の夏を描いていることも、二〇二三年の私にはいっそう深い意味があると感じられた。

人と会うことが困難であるからこそ貴重だった日々、大人数の飲み会では深く話すこともなかっただろう人との関わり、一人と向き合うからこそ交わされる言葉。二〇二〇年の夏でなければ、生まれなかったことかもしれない。

春と売野が宿泊する千駄ケ谷のホテルと周囲の光景は、オリンピックが延期されて空虚な場所であることが、春にとってはめずらしい、女友達と過ごす貴重な時間をより印象的にしている。

この小説が書かれた時にも、さらには単行本が刊行された二〇二一年の七月でさえ開会式の直前まで、「東京2020オリンピック」がほんとうに開かれるのか半信半疑だった人は多いのではないかと思う。文庫で読む今は、オリンピックがこの翌年に開催されたことを知っている。あの先の見えない日々の感覚を久々に思いだしたかもしれない。そこにもまた、時間を経て読むことで生じる「読み直し」がある。

二〇二三年に読んだ私は、この小説はなにより子供の無力さを書いたものだったのだ、と強く思った。

この原稿を書く直前に、私自身が子供のときの経験を書く機会があって、そうか、あれは無力だったから、無力であることを思い知らされたからあれほどつらかったのだと思い当たったことも大きい。

子供のころの春の周りにいた大人たちは、あまりに幼稚で身勝手である。もしかしたら、この小説が始まる前の時期、十代のころに、周囲に気を遣い感情をあまり出さない春のことを、彼らよりもよほど大人だよ、などと軽々しくわかったようなことを言う人もいたかもと想像する（子供、特に少女を「精神的には大人」と都合のいいことを言う大人はよくいる）。

断言したいのは、彼女はそのとき子供だったことだ。自分で生活することも、今日の夜にどこで誰といるかを選ぶこともできなかった。状況を理解して、ちゃんと助けてくれる人を探すこともできない、圧倒的に無力な子供だった。一人の子供を安心できる環境におくべき大人が、それをしなかった。その深い傷を、損なわれた心を、彼女自身が「読み直す」ことでようやく自分の生を生きていく小説なのだと思う。

春の父とその妹は、「救われたい」と思ったから「神さま」を求めたのだろうか。「神さま」に従えば誰かを救えると思ったのだろうか。

救われたい、救いたいという気持ちは、売野が千駄ケ谷のホテルで話した「そういう危うい女の子たちが本当に救われたら男の子たちはどうするのかなっていうことかもしれない」にも、亜紀が春にまだ話していない過去とも、つながっていく。

ほんとうは自分自身の傷を見なければならないのに、見ることが怖いから、それを誰かを救うことにすり替えてしまっている人は意外に多いのかもしれない。すり替えたいから、救うべき誰かを見つけたいのかもしれない。

それが恋愛の始まりだったとして、その先にはいくつか展開する可能性がある。どの可能性へ向かっていくかは、まだ、わからない。

小説の最後、春は亜紀との始まりを自分自身で語ろうとする。いくつもの物語を読み直し、語り直す人たちの思いを受け取ったあとの春が、今の自分で、今の自分の言葉で、自分をどう綴っていくのか。

「文庫版あとがき」で島本さんが書いているように、改稿されたこの小説を読むことが、彼女の物語を受け取ることになるのだと思う。

（作家）

文春文庫

星《ほし》のように離《はな》れて雨《あめ》のように散《ち》った

定価はカバーに表示してあります

2023年9月10日　第1刷

著　者　島本理生《しまもとりお》
発行者　大沼貴之
発行所　株式会社　文藝春秋

東京都千代田区紀尾井町 3-23　〒102-8008
TEL　03・3265・1211㈹
文藝春秋ホームページ　http://www.bunshun.co.jp
落丁、乱丁本は、お手数ですが小社製作部宛お送り下さい。送料小社負担でお取替致します。

印刷製本・大日本印刷

Printed in Japan
ISBN978-4-16-792095-1